CW01666509

Photo D. R.

Frédéric Pascal

Frédéric Pascal est médecin. *La Prophétie du fou* est son premier roman.

LA PROPHÉTIE
DU FOU

Pour Eddy
et toute sa "famille"
de Providence ---
--- avec amour!
Bizzz!

Fred

FRÉDÉRIC PASCAL

LA PROPHÉTIE DU FOU

roman

Service de Presse

Rue Racine
Flammarion

Service de Presse

© Flammarion, 1991.
ISBN 2-08-066475-1
Imprimé en France

Pour Simone Jouve et Edmund White

Portrait du Narcisse : être unique, tout-puissant par le corps et par l'esprit incarné dans son verbe, indépendant et autonome dès qu'il le veut, mais dont les autres dépendent sans qu'il se sente porteur à leur égard du moindre désir. Cependant séjournant parmi les siens, ceux de sa famille, de son clan et de sa race, élu par les signes évidents de la Divinité, fait à son image. Il est à leur tête, maître de l'Univers, du Temps et de la Mort, tout empli de son dialogue sans témoins avec le Dieu unique qui le comble de ses faveurs — jusqu'à la chute par laquelle il est l'objet élu de son sacrifice (...).

Qui ne reconnaîtrait pas, au secret de ses fantasmes, cette figure, qu'on la serve ou qu'on soutienne le projet dément de l'incarner ?

André GREEN, *Narcissisme de vie, narcissisme de mort,* Éd. de Minuit.

Après certains accès d'éternité et de fièvre, on se demande pour quelles raisons on n'a pas daigné être Dieu.

Cioran
Syllogismes de l'amertume,
Éd. Gallimard.

C'est seulement le jour où François a jeté son hamster par la fenêtre qu'on s'est inquiété pour de bon.

Trop tard, évidemment.

Alors après, on a dit : « Si on avait su… », et on a levé les bras au ciel en parlant de fatalité.

N'avait-on pourtant pas eu le temps de voir les changements qui s'étaient produits chez notre François ? N'avait-on pas aussi participé, tous sans exception, à en faire une sorte de dieu ?

Quand j'ai dit ça, on m'a répondu : « Monsieur le Recteur, c'est de votre fonction, vous voyez Dieu dans chaque homme. Allez ! C'était dans son caractère, voilà tout ! »

Tiens donc ! Dans son caractère !… Et pour Javenoux ? S'agissait-il de *caractère*, là aussi ? Vous en connaissez, vous, des *caractères* à tuer et à mourir, des *caractères* à jouer à Dieu et à diable ?

Nous l'avons adoré, vénéré pour ainsi dire ! Où se trouvaient les plus fous dans cette affaire ? Tout est beaucoup plus beau, et beaucoup plus grave, que ce qu'on a bien voulu y voir.

Alors maintenant, on me parle de mon âge, on dit que c'est la tête ; on raconte que je déparle ! Que je déparle!... Alors je n'étais pas le seul à déparler, à l'époque ! Tout un village pris de folie, vous voyez ça un peu ? C'est qu'on l'aimait notre François. Ah, ça vous fait rire ! Taisez-vous donc : c'est d'*amour* qu'il s'agit !

Misère de miséricorde ! C'est entendu : je me calme ; et je raconte avant que mon heure sonne, et qu'il n'en reste plus un seul pour se souvenir de la raison des choses. Vous verrez par vous-même, et ne venez pas ensuite me parler de *caractère* ou de *fatalité*.

Cette histoire, si elle a fait du bruit dans les têtes, on ne peut pas dire qu'on soit allé la crier sur les toits : personne n'en était fier. On a parlé peut-être jusqu'à Saint-Brieuc, et c'est bien le bout du monde. Mais, la bouche fermée, nous avons tout gardé dans nos cœurs, encore bien vivaces et palpitants, pour le restant de nos jours.

Pourtant, rien ne nous prédisposait à vivre de pareils événements : ici, il n'arrive jamais rien ; ici, c'est la mer, la pêche, le vent, quelques champs, quelques bêtes, et beaucoup de sueur. C'est tout. C'est Lanemœur.

Vous ne voyez pas ? C'est vers Béterel, vers Fréhel, par là. Vous passez par Rennes, ou mieux : par Saint-Brieuc — à la rigueur par Saint-Malo si vous voulez faire du tourisme —, ensuite, ma foi, vous vous débrouillez. Maintenant c'est un peu mieux desservi (à peine : une petite route, un autocar interminable, et la gare au diable ! Un vrai désert en plein août), mais, à l'époque dont je vous parle, l'aventure pavait les sentiers, et il fallait posséder de grandes ressources intérieures pour voyager dans ces contrées dépeuplées où régnaient les forces vives de la terre et du ciel. En somme, de Saint-Brieux au cap de Minez-Mœur se dispersaient peu à peu les derniers îlots d'humanité.

Ensuite, il y avait ce grand plongeon dans la lande.

Tout commençait par un chemin bien large qui vous laissait assez faraud au début ; vous pouviez vous croiser en carriole attelée plutôt à l'aise en grignotant un peu sur la bruyère et les ajoncs ; vous auriez été à deux doigts de vous croire en promenade dominicale.

Après, vous finissiez toujours par comprendre, un peu tard, que vous y étiez jusqu'au cou.

Sans savoir comment — la nature est rusée — vous vous retrouviez sur un mauvais sentier creusé d'ornières et boueux comme du purin. Là, réveillé par les cahots, vous reveniez dans l'instant, vous tendiez le cou, vous tourniez la tête à droite, à gauche, et vous aperceviez soudain cet encerclement à perte d'œil de vallonnements de broussailles, et d'arbustes, et d'ajoncs, et de genêts — en fleur, si par chance et de saison ! C'était toujours ça de pris pour le regard —, et de bruyère mauve comme un fond de toile de peintre qui remplissait tous les interstices en s'étalant en grandes flaques de deuil, ondulantes et courbes en dos de houle immobile.

Finalement, en regardant autour de soi, on se disait : « Je me suis perdu. » On n'avait pas tout à fait tort : après tout, pourquoi serait-ce par là, ou plutôt par ici, ou ailleurs ? Mais il y avait le sentier. C'était un très bon argument. Malgré sa boue, ses trous et ses mauvaises pierres, on commençait à le trouver plutôt sympathique. A ce point des impressions, on envisageait en général de faire demi-tour. C'est là qu'on s'apercevait que le large chemin du début était devenu bougrement borgne et étroit, et qu'il n'y avait plus la place pour faire demi-tour, justement. Ensuite, on pensait : « Et si quelqu'un vient en face, comment va-t-on faire pour se croiser ? » Après quelques instants de stupeur on comprenait enfin que personne ne viendrait « en face », qu'il n'y avait jamais personne sur ce sentier, qu'on était bien le seul fou de tout l'univers à se trouver ici à cet instant. Alors, de guerre lasse et de peur, pour finir, on se disait : « Avance ! » avec une idée de dernière chance et parce qu'il n'y avait plus rien d'autre à tenter.

Bien entendu, cela fait quelques décennies qu'il n'est plus question d'une telle sauvagerie de broussailles et de nature violente. Maintenant les sentiers se sont élargis, les chemins sont devenus routes, et les horizons se font moins lointains.

Mais en 1920, date où notre affaire commence, Lanemœur était encore bien isolé.

C'est simple : Fréhel est à vingt kilomètres, le hameau de Béterel à quinze.

Nous sommes entourés de landes et de mer.

Où qu'on aille, Lanemœur c'est un détour.

Vous arrivez par Fréhel, et vous y êtes. C'est déjà bien. Ensuite ? Où voudriez-vous aller ? Ailleurs ? Il n'y a pas d'ailleurs ; autour, c'est nulle part ; autour c'est la lande ; ou bien retournez sur vos pas. Mais, en général, si vous y êtes, avouez que vous avez de bonnes raisons pour vous trouver là : je veux dire que ce n'est pas le genre d'endroit où l'on se retrouve *par hasard* (et cessez de faire l'oreille molle : si je vous raconte ça c'est bien justement parce que, plus tard, quand on y a été en plein, on aurait bien aimé y croire au *hasard*, aux vagabonds, et oublier l'idée qu'on est dans une nasse, entre nous, encerclés, prisonniers pour ainsi dire). Lanemœur, c'est une haie de maisons qui a poussé au bord d'un chemin qui ne mène nulle part.

C'est vous dire si l'on s'amuse !

C'est vous dire combien les *événements*, par ici, se font rares.

Les premières maisons pointent sous les ajoncs juste après le tournant de la Pointe-aux-Chèvres. En sentinelle, la chapelle tranche dans le vif de la lande, posée sous le vent, les pieds dans la bruyère au-dessus des falaises. Ensuite, c'est une rue droite comme une lame qui fait une entaille dans le vert en filant vers le sud, bordée de maisons de pierre et de deux ou trois commerces. A la sortie du village, en allant vers Fréhel, quelques fermes s'éparpillent un peu en suivant la côte à travers la pinède jusqu'au vallon des Grèves-d'en-Haut.

C'est aux Grèves-d'en-Haut que tout a commencé.

En 1920, le doigt du ciel était pointé sur les Grèves-d'en-Haut.

Lanemœur était devenu le centre du monde.

Avant de ricaner, écoutez voir un peu de quelles sortes de prodiges s'est nourri ce mystère.

Le printemps 1920 a été une splendeur de printemps. Une gloire, une merveille d'éclabous-sements de vie. Cela verdoyait de soleil, cela poussait et cela sortait de partout. Nous avions depuis des jours et des jours une lumière chaude et légère tout à fait rare par ici. Ce n'était pas cette lumière mûre que nous avons en été ; c'était une lumière rousse et brillante de soleil de miel, à trois quarts de haut sur l'horizon, assez épaisse et douce comme un effleurement qui mettait de la couleur et du relief sur le monde ; c'était une lumière odorante, pourrait-on dire.

Avez-vous déjà vu de près une jeune pousse de pin ? Pas les rameaux de bois ligneux, non : ces jeunes pousses tendres et souples qui allument le bout des branches de vert clair. Eh bien voilà : ça sentait ça ; ça sentait le bourgeon de pin fraîchement fendu.

Et maintenant, imaginez un instant ce grand mélange de mer, de sel, de sable, de fruitiers en fleurs ; ajoutez de ce bourgeon de pin en quantité appréciable pour dominer un peu tout, éclairez de soleil roux et chaud en larges peinturlures de rayons d'or, et vous y serez presque.

Cela donnait l'idée d'un grand vent immobile et coloré qui aurait surgi du cap Fréhel en bondissant le long de la côte et sur la lande en déplissant chaque arbre, chaque branche, en tirant hors de terre chaque brin d'herbe, ouvrant de mauve chaque clochette de bruyère, et passant sur nos têtes jusqu'à se perdre vers les landes de la Pointe-aux-Chèvres.

Nous en restions un peu éberlués et plutôt ivres, d'une ivresse joyeuse assez inhabituelle qui secouait les sangs et donnait le rire aux lèvres.

Ce rire, ce sang bouillonnant prêt à éclater en un coup de poudre, cette tendresse d'arômes et de pollens, toutes choses de vie en somme, de vie de renaissance et d'amour, suivaient bien la même pente, le même chemin tourbillonnant qui menait droit aux Grèves-d'en-Haut.

Précisément.

Et c'est aux Grèves-d'en-Haut que vivait Yannick Le Bihan — que l'histoire (et je me retiens pour ne pas dire l'Histoire) plaça au commencement de tout.

Non pas qu'il y soit d'ailleurs pour grand-chose, sinon d'avoir été là, d'avoir existé et procréé, enfin d'avoir tenu sa place dans le grand jeu des causes et des enchaînements de toutes sortes. Parce que, à première vue, Le Bihan n'avait pas la tête d'un homme qui va renverser la marche du monde. Je ne dis pas cela méchamment, notez bien, je le dis parce que c'est vrai ; nous le connaissions tous, et tout le monde vous dira comme moi : Le Bihan était une crème d'homme, de ce qui se fait de mieux dans le genre humain.

Il y a toujours eu des Le Bihan à Lanemœur. Du reste, il y a toujours eu des Le Bihan partout en Bretagne ; c'est un nom très courant qui veut dire « le petit ». Lui ne l'était pas, au contraire. Aucun de ses ancêtres proches ne l'était. Cela devait remonter de plus loin encore. Tenez, on retrouve un Le Bihan, métivier à Fréhel au siècle d'avant ; c'était son arrière-grand-père et il était grand, tout le monde vous le dira. Le fils de celui-là, donc le grand-père du nôtre, était carrier à Erquy et plutôt bien bâti. Quant au père, c'était un colosse, ce qui se comprend aisément si on se souvient de son ascendance maternelle qui se fait par les Le Coz de Plérien : tout le monde sait que les Le Coz de Plérien sont très grands, c'est bien connu.

Ainsi, Le Bihan était grand ; et charpenté d'un bois bien trempé à l'épreuve des violences de l'existence. Il était marin pêcheur armant au « petit cabotage » en partance de Port-à-la-Duc, et maria — très au-dessus de sa condition — Marie d'Avel, fille de vieille noblesse briochine.

Sur les d'Avel, je ne peux pas vous en dire plus que ce que l'on sait : nobles donc, et pourtant riches dit-on, en outre chevalier de La Ravilais, ce qui ne gâche rien, un peu culs bénis mais pas méchants du tout.

Avouez que cette alliance était très extraordinaire !

Et l'extraordinaire enfanta du prodige, puisque c'est de ce couple que vint au monde cet enfant qui fut pour nous — à tort ou à raison — l'alpha et l'oméga : l'Enfant-Roi, François ; rien de moins. Le voilà leur mérite ; la voilà leur place dans la raison des choses (dans le *jeu divin*, si vous voulez, mais mon idée n'est pas de vous présenter cela de cette façon ; et puis je ne suis pas en prêche, n'est-ce pas ?). Enfin si l'on veut bien considérer le fil de cette histoire, si l'on veut bien admettre qu'il y a un sens à la marche du monde et qu'une chose arrive bien plutôt qu'une autre, on comprendra tout de suite que ce mariage étonnant marquait déjà une première empreinte sur la trame de prémices qui allaient se dérouler au fil du temps.

Sur la façon dont Marie d'Avel et Yannick Le Bihan s'étaient rencontrés je ne peux rien vous dire : je n'en sais rien — et personne n'en sait rien, quoi qu'on aille vous raconter par la suite. En revanche, ce dont on est sûr, c'est qu'on l'a vue arriver un beau jour habillée en dame et sans bagages, avec un sac en tapisserie au bras et son grand cœur battant.

Au début, on s'est dit : quoi ? Qu'est-ce que c'est ?

On a bien regardé — sans se faire voir naturellement — à travers nos rideaux, et on n'a rien vu. Il y a eu quelques questions posées discrètement à Yannick, comme ça, pour parler... On n'en a pas appris beaucoup plus. Alors, pendant un temps au moins, on n'a pas insisté — qu'est-ce que vous croyez ! C'est de notre fierté qu'il s'agit ; et ça n'est pas un sac en tapisserie ou une demoiselle habillée en dame qui va nous laisser les bras ballants, la bouche ouverte et les yeux ronds. Nous faisions comme si de rien n'était ; quand elle passait dans la Grand-Rue, on ne la regardait pas, on la croisait mine de rien — nous n'avions pas été présentés, n'est-ce pas ?

Ce qui nous a un peu amadoués, c'est qu'on a rapidement compris qu'elle faisait de gros efforts pour nous être accessible : elle s'est habillée autrement — moins dame et beaucoup plus demoiselle —, elle a rangé le sac en tapisserie, et quand elle croisait quelqu'un, elle souriait et saluait au passage.

D'abord on ne lui a pas rendu son salut, exactement comme si elle était invisible. (Avait-elle besoin de se déguiser en paysanne pour nous singer ? L'habit n'y changeait rien, au contraire, il accentuait les différences. C'est qu'elle avait la peau trop fine, le teint trop blanc, et qu'elle ne marchait pas comme nous, voilà !) Et puis on a commencé à se sentir vraiment morveux ; surtout vis-à-vis de Yannick. Après tout, ne devions-nous pas lui faire confiance ? S'il l'avait choisie, elle entre toutes, c'est qu'elle devait bien avoir quelques qualités de cœur, non ?

Alors on a répondu à son salut, mollement au début et le regard fuyant ; on ne se change pas d'un jour à l'autre.

Et puis on s'est aperçus qu'elle était très jolie et d'une simplicité bien réelle avec ses cheveux clairs et ses yeux tristes.

D'un coup, tout le monde l'a trouvée émouvante.

Et nous avons fini par savoir une partie de l'histoire : sa famille (d'Avel, chevalier de La Ravilais, tout de même !) ne voulait pas de notre Le Bihan — l'odeur de la roture sans doute, et pêcheur par-dessus le marché ! Elle, ni une ni deux, arrache les draps de lit par une nuit bien sombre, les noue, s'enfuit par la fenêtre et arrive chez nous tremblante et démunie.

Nous nous sommes sentis très ingrats : n'avait-elle pas tout quitté pour venir chez nous ? Cela ne valait-il pas qu'on la traite un peu mieux qu'une étrangère ?

Ensuite on mit une grande volonté à montrer que l'on voulait se faire pardonner.

C'était un ange ! Des cheveux d'or, fine et souple comme un brin d'herbe, qu'un souffle un peu fort aurait porté au ciel ; merveille ! Tout l'acharnement qu'elle mettait, au début, à nous ressembler pour se rapprocher de nous, nous le mettions à notre tour à ce qu'elle ne s'abîme pas, pour qu'elle reste intacte, et pour nous excuser d'être si rustres.

Et puis elle devint madame Le Bihan.

Elle était à nous.

Marie (on l'appelait tous par son prénom désormais, avec une espèce de fierté parce que, malgré tout, on gardait en mémoire le « d'Avel de La Ravilais » qui nous faisait une très grosse impression), Marie, donc, Le Bihan depuis peu, vécut avec Yannick aux Grèves-d'en-Haut, parmi les champs et les bêtes, comme si elle n'avait fait que cela de toute sa vie.

Leur maison était un peu à l'écart, juste à l'entrée du vallon des Grèves-d'en-Haut. C'était une ferme de grès rose, trapue et massive comme une bête qui dort. Mais élégante comme tout, avec des fleurs en bordure et des rideaux de dentelle aux fenêtres. A côté il y avait une grange en bois, et derrière la maison, un potager et un petit champ plein de bonne volonté qui gagnait son terrain entre une haie d'aubépine et le début de lande.

Et Marie a été enceinte.

C'est là que nous en étions lorsque ce fameux printemps de 1920 a déferlé sur nous.

« Syméon les bénit et dit à Marie, sa mère : Vois ! Cet enfant doit amener la chute et le relèvement d'un grand nombre ; il doit être un signe en butte à la contradiction — et toi-même une épée te transpercera l'âme — afin que se révèlent les pensées intimes de bien des cœurs. »

Luc, II, 34-35

Le 7 juin 1920, il y avait une grande gloire de rayons d'or sur la mer et par-dessus les terres.

Très tôt, en début de matin, juste après que le soleil eut grimpé au-delà de la barre du Cap, étaient passés dans le ciel trois gros nuages blancs bien formés, bien nerveux, ni trop rapides ni trop traînants. Ils avaient jeté une ombre plutôt claire sur les pins et sur les dunes, puis, en grosse majesté de montagnes scintillantes, s'étaient reculés vers le large. L'eau, vert-gris, puis vert bouteille, avait pris une teinte plus profonde de transparence bleu paisible, en même temps que les nuages avançaient vers le lointain.

Josette ne se lève jamais tard, et ce jour-là n'a pas fait marque. Si bien qu'elle a pu voir ces trois nuages qui fuyaient au soleil. Du reste elle m'a dit qu'elle les avait vus. Elle me l'a dit parce que nous avons souvent reparlé ensemble de cette journée, en détaillant bien tout, pour être sûrs de ne pas avoir laissé passer quelque chose, un signe, ou je ne sais quoi. C'était beaucoup plus tard, des années et des années après, alors que tout était fini et qu'on essayait encore de comprendre. Josette est une amie avec qui on peut très bien parler de tout, et avec beaucoup d'entente mutuelle, à demi-mot.

C'est une femme qui a eu une vie plutôt agitée — que je ne vous raconterai pas parce que, en dehors de moi, elle n'en a parlé à personne. De toute façon, le détail n'a pas d'importance : qu'il vous suffise de retenir « agitée », et vous comprendrez très bien qu'à ses quarante-cinq ans de l'époque, qui lui laissaient une énergie appréciable, elle possédait une personnalité de roc et une force en gueule de trente-six mille trompettes qui lui faisait jouer la fanfare aux oreilles des râleurs.

Elle avait repris, dix ans auparavant, le bistrot en face de chez Le Bris, l'épicerie, et y traitait son monde à coup de blanche — le calvados d'ici — et de manche à balai bien solide pour ceux qui ne savaient pas s'arrêter à temps.

Donc, ce 7 juin, elle voit passer les trois nuages chassés par le bleu de beau temps, et elle ouvre son bistrot sans se douter de rien. (De quoi aurait-elle pu se douter, au juste ? Y avait-il eu un signe ou quelque chose ? Non : c'était tous les jours la même splendeur égale dans tous les horizons, aux quatre coins du ciel. Je vous le dis, moi : il n'y a jamais de signes, les vrais miracles sont très discrets.)

Et c'est bien de miracles dont j'étais allé

m'enquérir ce matin-là puisque je revenais de Saint-Brieuc où j'avais rencontré notre évêque pour parler de problèmes très élevés : manque d'argent, paroisses trop dispersées, pas assez de prêtres —, toutes questions sur lesquelles il faut porter un regard assez ironique si l'on ne veut pas se désespérer de lassitude.

Mais, peu importe, je ne revenais pas les mains vides : j'avais appris là-bas une nouvelle plutôt intéressante pour comprendre le sens des *hasards* et des coïncidences. Attendez voir, laissez-moi raconter à mon idée.

Je reviens donc de Saint-Brieuc par la lande, sur ces chemins très approximatifs jetés dans la broussaille. Ici et là, un grand brasier de fleurs d'ajoncs flambe en foyers d'or sur la bruyère. La nature est éclose et sucrée d'odeurs chaudes comme des fruits mûrs. Au loin on voit le Cap, dressé sur le bleu, couvert d'une mante de verts et de mauves qui cascadent et dégoulinent en courbe raide sur le dos des falaises. Ensuite c'est le plateau de lande : le Gwen, Guildo, Porrie, et le vallon des Grèves-d'en-Haut où sortent de terre les premières maisons de Lanemœur. De l'autre côté du village, à l'ouest, commence la Lande-aux-Chèvres.

Et devant, à quelques centaines de mètres, je vois un homme qui se faufile très habilement avec beaucoup de sûreté dans les buissons. Il est au bord du sentier ; il me voit venir ; il attend.

Je n'ai pas besoin de m'approcher beaucoup

pour savoir à quel oiseau j'ai affaire : de ce genre d'oiseau qui traîne sur la lande de si bon matin, je n'en connais qu'un dans la volière ; c'est Javenoux.

« Bonjour, monsieur le Recteur, dit-il quand j'arrive à sa hauteur. A cette heure, par ici, vous prêchez dans le désert !

— Pas si désert que ça, on dirait. Je ramène au troupeau les brebis égarées ; tu veux une place ? Monte donc... »

Je lui fais signe de s'asseoir à côté de moi sur la carriole.

Avec Javenoux, il faut mettre de l'eau dans son vin et avoir la repartie belle : ses paroles portent l'insulte avec un tel naturel et une telle candeur qu'on ne pense même pas à se sentir offensé. On voit tout de suite qu'il ne connaît pas d'autre façon de s'exprimer, et que tout le monde est à la même enseigne.

Il a un grand sourire silencieux.

« Merci, monsieur le Recteur, j'ai mes propres chemins.

— A ton aise ! Kenavo, donc. »

Je fais mine de reprendre la longe pour repartir, mais Javenoux m'arrête :

« Vous êtes donc si pressé ? D'habitude il suffit de vous taquiner un peu, de vous dire “ j'ai mes propres chemins ”, ou quelque chose de ce genre-là, pour vous faire rester un moment ; je ne vous ai pas fâché, au moins ?

— Mais non ! Il n'y a pas de mal. Hé ! Mes

chemins à moi m'ordonnent de courir aujourd'hui ; voilà tout. »

J'ai pensé qu'il allait poser une question, mais non ; il a souri, hoché la tête, et il a dit :

« Eh bien, bonne course ! Kenavo, monsieur le Recteur.

— Kenavo, Javenoux. »

J'ai claqué de la langue pour les bêtes, et je suis reparti vers Lanemœur.

Je n'avais pas eu le cœur de parler avec Javenoux ; je n'avais pas la tête à ça. C'est qu'une discussion avec Javenoux, voyez-vous, cela demande beaucoup de vigilance et de rapidité de langue et d'esprit. Il fait un peu peur, à vrai dire. Nous nous connaissons tous ici ; nous vivons en bonne courtoisie de sourires et de quelques mots aimables que nous échangeons à droite ou à gauche. Lui, non. Il est à part. Il ne fait jamais aucun effort pour mettre les gens à l'aise ; je veux dire par là qu'il a toujours une façon de vous regarder, comment dirais-je... *insolente,* c'est le mot. Et c'est cette *insolence* aussi qui lui donne ce sourire à tout dévorer. Il laisse en général un gros doute sur l'estomac de savoir si, par hasard, il ne se serait pas payé votre figure.

Ne me faites pas dire ce que je n'ai pas dit : mis à part cette attitude plutôt trouble, il n'y a pas grand-chose à lui reprocher. A première vue, c'est même un homme courageux : c'est lui qui a repris la ruine devant les prés salés de Guildo il y a quelques années — et quand je dis « ruine », c'est

« ruine ». C'est bien simple : personne n'en voulait ; trop de travaux, et pas assez rentable : trois pouces de terre pour les cultures... Qu'est-ce que vous vouliez faire de ça ? Du mouton, tout simplement ! Cela ne se faisait plus beaucoup avant lui par ici ; il a eu l'idée. En quelques mois tout s'est transformé en ferme, avec granges, étables et dépendances, suffisamment vaste et bien arrangée pour faire pas mal de jaloux dans le village. Mais cette jalousie-là n'explique pas tout, et Javenoux donne de lui-même — et avec un plaisir manifeste — suffisamment de motifs pour faire s'agiter les langues à son sujet. C'est d'abord que Guildo est très isolé : Javenoux ne vit pas parmi nous, au village, ce qui empêche cette connaissance et cette compréhension intime qu'on a des gens simplement par habitude, si l'on peut dire, et par proximité. Ensuite, c'est qu'il est seul ; seul à courir derrière ses moutons ; seul à courir de par la lande, nuit et jour ; il sort de n'importe où quand on ne l'attend pas. Ajoutez à cela cette *insolence* dont j'ai parlé, cette mauvaise volonté à se faire aimer, et vous comprendrez sans peine qu'il inquiète et qu'il fait peur ; une peur du mauvais qui ne serait pas sorti mais qu'on s'attendrait à voir surgir à tout moment. Josette dit de lui que c'est un homme qui fait le mal pour se distraire.

Après le voyage que je venais de faire — je veux dire : après la lande, les chemins creux et les ornières, et le désert d'ajoncs et de vent —, vous imaginez combien la perspective de tenir une conversation avec un homme comme Javenoux ne me disait rien de bon. La politesse ? Voyez-vous ça ! La politesse est parfois très injurieuse, et d'une rare insolence. Nous ne nous embarrassons pas de phrases entre nous ; les mots sont tranchés ; nous y tenons beaucoup, comme à un grand témoignage de respect : les ménagements sont faits pour les simples et les petits enfants.

Et si j'ai laissé Javenoux à ses manigances, planté dans la bruyère, c'est aussi à cause de cette nouvelle que je ramenais, et dont je voulais que Josette fût la première informée — Javenoux m'aurait tiré les vers du nez —, et puis, disons que j'ai mes caprices, voilà !

Quand je suis arrivé au village, j'ai vu Josette qui balayait devant sa porte, au soleil, en chignon et tablier de dentelle.

Nous nous sommes salués de la main, j'ai attaché les rênes, puis je suis descendu.

« Je vous offre une blanche, à cette heure ? a dit Josette.

— Ni à cette heure, ni à une autre, un café seulement ; je ne pèche pas de boisson, vous n'y ferez rien. Ma faute c'est le tabac, et je vais m'en fumer une avec mon café si cela ne vous dérange pas.

— Pensez-vous ! Entrez, et racontez-moi donc d'où vous venez de si bon matin pour filer directement jusqu'ici. Vous avez comme un petit air... »

Nous nous sommes installés confortablement dans le coin près de l'âtre — éteint, ça n'était pas la saison — qui garde l'odeur du bois et de la fumée des hivers accumulés. Et Josette, après avoir servi le café, s'est assise en face de moi, en croisant les bras sur la table et en donnant un coup de menton en avant :

« Alors ?

— Alors ? Alors on ne va pas jouer aux devinettes, n'est-ce pas ? Donc : d'où je viens ? De Saint-Brieuc. Et mon petit air, comme vous dites, c'est que j'ai une nouvelle plutôt rare à dire.

— Allez-y voir... »

J'ai pris une seconde pour la faire languir un peu, et puis j'ai dit :

« On va avoir une éclipse de soleil, voilà !

— Une éclipse ?

— ... de soleil, oui !

— Dites donc ! La dernière date d'il y a, quoi... vingt-cinq ou trente ans, non ? J'étais une jeunesse ; je ne me souviens plus. Et quand est-ce, au juste ?

— Aujourd'hui même.

— Aujourd'hui !

— A cinq heures cet après-midi ! »

Durant tout ce chemin de genêts et d'ajoncs j'avais préparé mon petit effet, et ma foi, je n'étais pas déçu du résultat ; Josette m'en donnait pour ma peine : elle faisait des yeux de chouette et des lèvres en bouche de carpe !

« Il faut fêter ça ! dit-elle.

— N'insistez pas, Josette, vous savez bien que je ne bois pas.

— Qui vous parle de boire ? Mon idée, c'est qu'on devrait faire des galettes et se réunir pour le spectacle ; c'est quand même un événement, non ? »

Je vais pour répondre, mais à ce moment, on entre dans le bistrot.

« Bonjour, Josette ! Bonjour, monsieur le Recteur. En voyant l'attelage devant la porte, si tôt le matin... je suis venue voir. »

C'est Marie Le Bihan — demoiselle d'Avel si vous préférez —, qui s'approche en souriant, portant devant elle son ventre rond d'enfantement.

« Bonjour, Marie. Ne me jetez pas déjà dans la tombe, monsieur le Recteur n'est pas de fonction ; il est venu en ami. »

Un peu de gêne rosée monte aux joues de Marie :

« Ce n'est pas ce que je voulais dire...

— Laissez donc, je plaisante ! interrompit Josette. Asseyez-vous, et écoutez un peu la nouvelle... »

Elle s'assit ; on rapprocha les têtes, et l'histoire lui fut contée.

D'abord elle fit comme Josette : yeux de soupière et museau de poisson ; ensuite, en sirotant son café, elle nous fit part d'une idée qu'elle venait d'avoir. C'était une très bonne idée. Cela disait que, oui, il fallait faire une fête, qu'il fallait dire à quelques-uns de venir, qu'on préparerait deux ou trois choses à manger et à boire, et que, pour la question du lieu, il n'y aurait qu'à venir aux Grèves-d'en-Haut.

« Il y a de la place, dit-elle ; nous pourrons sortir la table au soleil. Et à cinq heures, le soleil, justement, sera juste au-dessus du vallon avec en bas la mer en enfilade. C'est une très belle vue.

— Mais cela ne va-t-il pas vous faire trop de travail, dans votre état ? dit Josette en regardant le gros ventre de Marie.

— Pensez-vous !... »

On parla encore un moment ; on mit au point les détails, et on convint de se retrouver à midi pour tout préparer.

Ce fut un jour de grande émotion.

La nouvelle de l'éclipse ne tarda pas à faire le tour du village et on ne parla plus que de ça.

Il n'y eut pas que notre groupe à préparer quelque chose pour l'événement. C'est qu'isolés comme nous le sommes, sans passages d'étrangers ou de quoi que ce soit qui vienne briser l'habitude, nous ne ratons pas une occasion de faire la fête. Ce qui donna lieu à certaines situations très cocasses — parce que inhabituelles — où l'un disait : « Venez donc à manger tantôt, nous faisons un repas pour l'éclipse » ; et où l'autre répondait avec une mine très fière : « Ah, quel dommage, vous me dites cela trop tard, je suis déjà pris chez Untel. » Vous rendez-vous compte ! Nous n'étions pourtant pas si forts pour les mondanités qu'on se donnait maintenant des airs occupés de ministres. Entre nous — et cela se voyait sur toutes les têtes —, c'était une franche rigolade !

Une rigolade assez grave, si l'on va au fond des choses.

N'oubliez pas que nous avons nos falaises et nos pins ; n'oubliez pas que nous avons en permanence ce battement des vagues qui frappent la terre sur les grèves comme pour faire le compte implacable du temps qui passe, et de celui qui nous reste. Voyez bien aussi ces blocs de grès empilés en platières jusqu'au ciel, roses de pierre, par-dessus les récifs et la houle violente qui les gifle et les use à les moudre en sable fin. Pensez un peu à nos tempêtes, aux déserts de landes brunes suspendus entre nuages et écume ; à ces nuits hurlantes de mauvaise saison durant lesquelles, à moitié endormis près du feu, nous entendons les démons et les fées de houles danser une farandole du diable au-dehors sur les plateaux de lande. Et comprenez enfin que, même sous le soleil, nous sentons sous nos pieds cette terre grondante qui sans arrêt égrène le compte des secondes à vivre pour les hommes, la nature et les bêtes, comme une musique très impressionnante qu'on n'entend plus mais qui colore notre vision des choses d'une teinte assez tragique.

C'est pour cela que, quand je dis « franche rigolade », entendez aussi comme une excitation d'enfants qui rient — à tout prendre, mieux vaut en faire la fête — d'un rire un peu inquiet, en fin de compte.

Qu'il s'agisse d'une tempête ou d'une éclipse, c'est encore de ces forces mystérieuses qui nous dominent. Malgré nos bouses de vache, notre odeur de poisson et nos pieds dans la boue, nous sommes très familiers avec le *cosmos,* voyez-vous.

Et cessez de rire, vous n'y connaissez rien ! Nous sommes des aristocrates ; il n'y a pas plus aristocrate qu'un « cul-terreux », comme vous dites ; nous gardons nos distances ; nous vivons à la cour des plus puissants — plus puissants que vos rois ou que vos présidents ; nous sommes une aristocratie des mystères de la terre !

Parfaitement ! Et au lieu de rire, comprenez au fond ce que je veux dire. Comprenez que cette éclipse était, finalement, un événement bien plus important qu'une fête ou qu'une simple distraction. C'était une Grand-Messe.

Vous ricanez toujours ? Et si je vous dis qu'aux Grèves-d'en-Haut, les femmes avaient sorti la table dans la cour de ferme, que cette table était ornée d'une grande nappe en dentelle de crochet qui brillait de blancheur dans la lumière, ne pensez-vous pas qu'il y avait là le plus bel Autel dont on puisse rêver ? Ajoutez à cela deux énormes pots de grès bruns chargés de branches d'aubépine en fleur, pourpres de sang, droites et élancées en brassées de soleil, et vous comprendrez certainement que ce faste ne pouvait annoncer qu'une messe très solennelle et d'une sacrée importance (peut-être bien même d'une importance sacrée, si vous voulez savoir !).

Pour tout dire, cette table était une merveille.

Quand je suis arrivé aux Grèves tout était déjà prêt. Je me suis arrêté un instant près de la barrière pour regarder un peu. Il y avait de quoi ; cela valait bien un coup d'œil.

On voyait d'abord ces deux haies mousseuses de fleurs carminées qui faisaient comme un cadre autour de la cour et qui se perdaient derrière la maison, avec un air de naïveté grave assez impressionnant. On découvrait ensuite deux grands chênes de part et d'autre, un peu en retrait derrière la haie pour ne pas tout écraser, qui montaient en piliers de cathédrale pour soutenir le ciel ; un ciel très féroce de bleu profond, du reste, qui vous sautait au visage d'emblée pour vous envelopper de chaleur claire, histoire, sans doute, de vous mettre en condition et de vous montrer tout de suite à quels éléments on allait avoir affaire. Le temps de reprendre votre souffle vous pouviez voir la table scintillante de blancheur et juste au-dessus, la façade très digne qui penchait son regard sur toutes choses du domaine avec un petit air sévère très attendrissant.

Au centre, assises dans la lumière, se tenaient Josette et Marie, immobiles, le visage un peu penché qui montrait qu'elles avaient dû parler puis s'étaient interrompues, assaillies par le calme bourdonnant des abeilles dans la haie et le murmure régulier remontant le vallon des vagues qui battaient la terre. Sans un mouvement, blanches de lumière, elles étaient comme deux nonnes en prière, deux statues de marbre dans le clair.

Et puis Josette m'a vu, et d'un signe de bonjour m'a rappelé à elle.

« Entrez donc, monsieur le Recteur ! Tout est prêt ; vous êtes le premier. »

Nous avons échangé trois mots avec Josette et Marie — je ne sais plus lesquels. C'était trois petits mots sans importance et plutôt hésitants, mais qui en disaient long sur l'attente et les frémissements intérieurs. C'est là que j'ai compris ce rire inquiet dont je vous parlais ; ce rire de fête — qui se déguisait en fête — un peu grave comme si l'on tendait l'oreille à l'écoute de je ne sais quoi du chuchotement des arbres qui nous rappelait le roulement de la boule du monde filant bon train à la rencontre de ce rendez-vous des étoiles. Cela faisait comme une musique très habituelle qu'on aurait soudain remarquée et sur laquelle timidement, sans trop savoir comment, on se serait essayé à trouver le pas.

Ensuite Le Bihan est arrivé.

Nous étions déjà attablés — assis un peu en retrait, plutôt — en train de siroter un petit cidre assez fruité que Marie avait sorti de sa cachette.

Il revenait de pêche avec un gros panier d'osier rempli de poissons. Il avait cet air un peu absent qu'on prend malgré soi quand on revient d'un lieu de solitude. C'est qu'il avait dû remonter tout le sentier des Grèves dans les dunes et les oyats, de cette allure lente qui vous laisse tourner l'esprit en roue libre. C'est le battement du panier contre la cuisse à chaque enjambée, avec l'odeur des poissons, et l'odeur de mer, et l'odeur des pins ; c'est aussi le bout de sentier qu'on fixe à deux pas devant ; d'abord le sable dans les dunes avec des creux ridés et des bouts d'herbe dans les creux, et puis le sable qui devient terre mélangée près des pins, et franchement terre noire de bruyère en remontant plus haut vers le vallon en bordure de lande. Alors on regarde le sentier en marchant, puis on lève les yeux, puis de nouveau le sentier, comme ça, avec le panier qui bat la cuisse, et le gros nuage blanc de soleil au-dessus de Fréhel, et la terre noire, et le Cap sur la gauche avec le bleu au fond, et la respiration des vagues.

C'est dans cet état d'esprit qu'il est arrivé à la ferme des Grèves-d'en-Haut ; avouez qu'il lui fallait bien quelques secondes pour revenir à la vie.

Marie prit le panier et rentra dans la ferme pour s'occuper des poissons ; Josette la suivit en disant : « Je vais voir les galettes ; il est presque l'heure, les autres ne vont plus tarder à présent. »

Je restai seul avec Le Bihan qui s'était assis et se servait un verre de cidre très paisiblement.

Notez bien ce calme ; voyez bien ce verre de cidre et le scintillement des bulles rousses au soleil ; oui *au soleil,* justement ; ce soleil qui nous en préparait de belles. Eh bien, Le Bihan regardait le verre, regardait le soleil, se calait bien au fond de sa chaise en soupirant d'aise, et se taisait de satisfaction. N'était-ce pas étonnant ? Après tout, le village n'était-il pas tout entier en ébullition, grillant de soleil en attendant de le voir s'éteindre ? Et ne croyez-vous pas que Le Bihan aurait pu lui aussi manifester un peu d'excitation ? Eh bien, non. Voilà ce qu'il était : un colosse d'humanité généreuse au bonheur paisible.

Tout au plus s'inquiéta-t-il de savoir qui était invité à ce repas — il était déjà en mer quand cela avait été décidé ; en outre, il ne posa cette question qu'après avoir fini son verre de cidre, et d'un ton très tranquille, par-dessus le marché, et heureux comme la paix !

Les premiers arrivés, deux amis très chers, furent les Madec — M. et Mme, Colette pour tout le monde, et d'une humanité remarquable. C'était notre médecin. Quand vous parlez de nos villages, je crois que vous appelez cela des *notables.* Et moi — monsieur le Recteur, s'il vous plaît — j'imagine que vous me mettez dans le lot. Mais il est bien question de *notables* ou de je ne sais quoi : personne n'était plus *notable* qu'un autre (c'est que ce mot a une musique désagréable) — nous allons aussi à la pêche, et nous marchons dans la boue avec beaucoup d'aisance comme tout un chacun ; et ne dites surtout pas cela des Madec qui étaient les personnes les plus simples, aimables et attendrissantes qui soient. Enfin pour finir, avez-vous vu un peu la taille de notre village... notables de quoi ?... de la mare aux canards ?

Foutaises !

Ensuite ?

Ensuite, les quatre autres (nous étions dix, au total : Marie et Le Bihan, les Madec, Josette et moi, et ces quatre-là dont je vais vous parler).

En fait, si j'étais une mauvaise bête, je devrais dire : trois et demi.

Celui que je compte pour un demi, saleté que je suis, c'est le vieux Guilloux. Il avait pourtant été large, fort et pétillant quelques années plus tôt ; à l'époque c'était plutôt un ET demi — ou même deux pour faire bon compte. Mais là... il n'était plus qu'un souvenir de lui-même — un mauvais souvenir. Il s'était racorni, ratatiné, comme un fruit sec ; il ne tenait plus qu'à peine, par un fil ou deux ; des fils très fragiles qu'un soupir un peu gros aurait brisés. Il s'en allait de partout comme un tas de cendres en plein vent ; de la tête surtout. Misère !

Tout branlant qu'il était, il lui fallait un socle pour se tenir à la vie ; c'est pour cela qu'il était venu avec sa fille, Laurence, qui, elle, comblait la place à prendre, tant pour la gueule que pour le reste. C'est sur ce *reste*-là qu'avait poussé une jolie fleur de *réputation ;* largement usurpée, bien entendu. Qu'elle ait été belle, ça oui, personne ne le contestera ; qu'elle ait joué un peu de ses mines, qu'elle se soit ornée de quelques dentelles certains soirs de belle saison, c'est entendu — et où est le mal ? Je n'ai pas parlé de malhonnêteté, que je sache ; elle aimait à faire la belle, voilà tout ; et je connais certains péchés du voisinage beaucoup moins innocents. Mais vous n'imaginez pas les horreurs qu'on a pu cracher sur son compte. D'autant qu'elle n'en faisait aucun cas, et plus encore, qu'elle en rajoutait, par plaisir de voir s'étrangler de jalousie les médisantes qu'elle trouvait sur son passage.

Et justement, dans les deux qui nous restent à venir se trouvait une de celles-là.

C'était Soizic Guilleven.

Les Guilleven sont arrivés en dernier, alors que nous étions déjà tous attablés devant un verre.

Guilleven, voyez-vous, avant de marier Soizic, avait *fréquenté.*

Faut-il qu'il ait été aveugle ou peu clairvoyant (ou tout simplement abruti comme un âne !) pour avoir fait un pareil choix : c'est de Laurence que s'était occupée cette *fréquentation ;* et pendant un temps assez long, et avec assez d'assiduité pour que tout le monde ait pensé que ces deux-là allaient faire noces. Encore une fois, tout le monde s'est trompé : un beau jour — plutôt sombre de son point de vue — Laurence l'a quitté. Pourquoi ? Je ne sais pas, c'est leur affaire. En tout cas, pas « pour qui » : Laurence est restée fille.

Guilleven a traîné une figure de deuil pendant plusieurs mois, a commencé à boire un peu — histoire, je suppose, de montrer que son malheur était vraiment quelque chose de très sérieux —, et puis, à force de se faire plaindre de tous les côtés, il en a trouvé une qui le consolait plus que les autres. C'est par ce trajet un peu triste qu'il en est venu finalement à épouser Soizic.

Voilà toute l'histoire... pas de quoi s'étrangler, à mon avis — évidemment ça n'était pas l'opinion de Soizic. Soizic qui, par ailleurs, était une personne très jolie et agréable tant qu'on ne marchait pas sur ses terres.

Bien entendu, à l'époque de ce repas, suffisamment de temps s'était écoulé pour calmer les esprits et pour qu'on puisse inviter les Guilleven et les Guilloux ensemble sans risquer de voir Laurence et Soizic se sauter à la gorge comme des furies.

Nous n'avions pas besoin de ça. Nous voulions faire la fête.

Ce fut très réussi.

Je vous ai déjà parlé, je crois, de cette table somptueuse, brillante de blancheur comme un autel. Et maintenant, vous avez envie de me dire qu'après les histoires si platement humaines que je viens de vous raconter, je ferais mieux de ranger mes *Autels* et mes *Grand-Messes* au placard.

Non, précisément.

N'est-ce pas en comparaison avec ces petites affaires humaines qu'il y a des grand-messes ? Et, malgré toute la noirceur qu'on voudra bien leur trouver, les hommes ne sont-ils pas tous dignes de respect ? En outre, vous avouerez que ces « petites affaires humaines » sont pleines d'amour, et que de l'amour à une grand-messe, il n'y a qu'un pas, pour ainsi dire. N'oubliez pas, non plus, ce que je vous ai dit sur cette petite musique de la terre, grondante, et des vagues, et des nuits de vent dans le craquement du feu, qui résonne assez douloureusement dans nos têtes, et qui baigne chacune de nos « petites affaires humaines », justement. Et reconnaissez enfin que cette brochette d'humains très simples que nous formions, réunis pour la fête de l'éclipse, n'était pas moins habilitée qu'une autre pour célébrer ces mystères.

Je maintiens donc mon *Autel* et ma *Grand-Messe.*

Et j'en rajoute, par-dessus le marché ! Je n'ai jamais parlé d'impartialité ; je prêche pour mon clocher ; en matière de mystères, je m'y connais, paraît-il ; je suis orfèvre.

Tous étaient arrivés, à présent, et buvaient leur cidre en grande conversation.

Les couverts avaient été installés d'un seul côté de la table, pour que nous puissions tous faire face au sentier du vallon qui dégringolait d'une traite jusqu'à la mer, avec le bleu par-dessus, et face au soleil surtout.

Cette table en demi-lune, ouverte sur l'horizon, la lumière et la lande, cela faisait un peu théâtre.

Josette partit chercher les galettes, et Le Bihan ramena un gros tonnelet de vieille blanche qui embaumait la pomme à des mètres à la ronde.

« Mettez-m'en très peu, dit Colette Madec en riant, je n'ai pas l'habitude. »

Les hommes poussaient à boire, et on leur résistait fort peu. C'est qu'on adore que les autres vous fassent violence pour ce que l'on désire. Et cette odeur de pomme un peu piquante, et fruitée, dans la chaleur ! Et ce chaud qui vous montait aux joues ! On entendait un battement sourd qui cognait dans la tête ; c'était quoi ? Le martèlement des vagues qui frappaient les grèves ? Non ; c'était la pulsation du sang dans la tiédeur de l'air ; c'était les coups étouffés de votre propre cœur qui s'occupait à moudre le temps.

Ah ! L'entendez-vous ce tam-tam intérieur ? Les voyez-vous ces danses qui frissonnaient en nous en échauffant les nerfs d'une belle excitation ? Excitation du lieu et de la fête, mais excitation d'attente aussi : nous levions de temps à autre le regard vers le ciel en plissant les paupières pour nous assurer de l'avancement de cette partie d'étoiles qui se jouait là-haut, bourdonnement grave de basse continue par-dessus les tambours de sang dans nos esprits.

On s'interpellait de tous côtés en discussions entrecroisées : « racontez voir un peu... », « pouvez-vous me passer la bouteille ? », « ... alors je lui ai dit que... », « qui veut des galettes ? » Guilleven racontait je ne sais quoi dans le creux de l'oreille de Soizic, qui partait ensuite d'un grand éclat de rire. On se frappait les cuisses, et on se resservait un verre.

Et puis, au bout de la cour, on a vu un homme qui poussait la barrière en bois.

On s'est tus, comme pour mieux voir.

« Qui est-ce ?

— Je ne sais pas ; je ne vois pas bien : j'ai le soleil en face. »

Il s'approche.

« C'est Javenoux !

— Ah ça !

— Vous l'aviez invité ?

— Moi ? Vous m'avez bien regardé ? »

Un silence très gêné s'est étalé en flaque.

« Bonjour tout le monde ! » a dit Javenoux en faisant un signe de la main, avec son grand sourire de loup.

Nous l'avons salué — mollement — un peu inquiets, en nous demandant où il allait en venir.

« Je passais, dit-il, je revenais de Porrie, et j'ai vu du monde, alors... »

Ah, la belle innocence... ! Nous étions coincés. Nous n'avions rien de précis à lui reprocher, n'est-ce pas ? Peut-on dire, sans raisons, à un homme : « Va-t'en, nous ne t'aimons pas » ? Non, nous ne pouvions pas. Et il nous faisait un peu peur.

Après une seconde assez éprouvante de silence, Le Bihan a dit :

« Eh bien, ne reste pas planté, viens t'asseoir et bois un verre avec nous ! »

C'est que, par *humanité*, on se laisse souvent empoisonner l'existence. Elle a parfois beau jeu, l'*humanité ; humanité* de peur, oui ! Saletés qu'on est ! Et là, nous buvions notre *humanité* jusqu'à la lie ; à en être écœurés. Ah, nous la regrettions notre belle action : il s'était abattu sur nous comme une pèlerine de plomb. Impossible de dire trois mots qui sonnent vrai ; les discussions s'étranglaient dans les gosiers. On entendait le bruit des couverts dans les assiettes, les oiseaux dans la haie, et jusqu'aux mouvements des glottes quand on avalait une gorgée. On reposait nos verres, gênés, et la mort aux tripes, on faisait mine de regarder alentour.

C'est du ciel — comme toujours — qu'est venu le salut.

Madec a dit :

« Regardez ! On dirait que le soleil est moins fort ! »

On a presque sursauté intérieurement, tout occupés qu'on était avec notre gêne, notre début de haine frustrée, et notre peur. L'éclipse ? Quelle éclipse ?

On a levé les yeux.

D'évidence, les mystères étaient en marche.

On ne voyait pas bien tant cela brasillait encore de rayons durs, mais, oui : le soleil se faisait une mine très inhabituelle.

C'est Madec — notre docteur, je vous le rappelle — qui a ajouté tout de suite :

« Arrêtez, vous allez vous brûler les yeux ! »

Il a sorti des petits carreaux de verre qu'il avait fumés au feu, noirs et opaques, semblait-il, à travers lesquels nous vîmes un spectacle très impressionnant.

Un spectacle si impressionnant qu'on oublia Javenoux, qu'on oublia notre embarras, et qu'on se leva d'exclamation en poussant des cris d'étonnement.

Voulez-vous que je vous dise ce que nous voyions, debout et les yeux ronds — humanité de fourmis, tiens ! —, à travers nos malheureux carreaux fumés ?

Nous voyions l'univers tout entier, à portée de main !

C'était un merveilleux croissant d'or dévoré d'ombre : les ventres des étoiles se recouvraient, l'un grignotant l'autre, comme deux anneaux monstrueux entrecroisés.

C'était les noces de cendres.

Ensuite, il fut bien question de Javenoux, de gêne ou de je ne sais quoi ! Tiens ! Si vous voulez savoir : Javenoux, on l'adorait subitement, on adorait l'humanité tout entière, on aurait embrassé un lépreux et bercé dans nos bras tous les malheureux du monde !

Ce fut une foire de tous les diables — de tous les anges, devrais-je dire ; de tous les angelots, saints, esprits, Père, Fils, et jusqu'au moindre balayeur du paradis ! (Elle peut bien bramer, l'Eglise ! C'est de la joie dont je vous parle ; oui : de la Joie !)

Ils s'appelaient tous d'un bout et de l'autre à travers la table. « Qui veut ? criait Le Bihan en brandissant la bouteille. — Par ici ! répondait Javenoux de là-bas, c'est mademoiselle Laurence qui a soif ! » Et Laurence rougissait un peu de plaisir, « Ah ça, non ! C'est qu'il voudrait me saouler ! disait-elle en laissant l'autre lui remplir son verre. — Envoyez le flacon ! appelait-on de l'autre côté. — Les hommes, vous buvez trop ! » rigolait Josette en avalant sa blanche. Les Madec riaient avec le vieux Guilloux en se donnant des tapes dans le dos.

On s'arrêtait de temps en temps pour reprendre souffle et jeter un regard sur l'avancement des choses dans le ciel. « Tu as vu ça, Guilleven ? — Hé oui ! Je le vois aussi bien que toi ! — Pas Dieu ! C'est quelque chose ! » Et on commençait un pari de verres, à celui qui boirait le plus.

« A l'éclipse !

— Allez ! Tu ne sais pas boire.

— Tiens, marche ! Tu vas voir si je ne sais pas ! »

A ce moment, le soleil était encore très dur. Sans les carreaux fumés il brillait toujours, avec à peine une faiblesse dans ses rayons qui lui donnait cet air étrange. Nous faisions les fiers de rires et de boisson. C'est qu'alentour les changements étaient invisibles : la lumière était rousse et chaude, les abeilles travaillaient dans la haie, et la chaleur pesait sur nos épaules.

J'ai vu que Marie avait bu un peu ; et passé le fouet du premier verre, elle avait maintenant une mine assez pâle et calme qui n'était pas du tout en harmonie avec l'agitation de la table.

Josette a dû remarquer cela aussi (Josette et

moi, nous remarquons toujours les mêmes choses en même temps) parce qu'elle s'est penchée vers elle en disant :

« Vous êtes toute chiffonnée, ma pauvre ! Vous sentez-vous bien ?

— Oui, oui, ne vous inquiétez pas, a-t-elle répondu, j'ai un peu mal, mais ce n'est rien ; cela arrive souvent en fin de gestance. »

Josette lui a donné une petite tape très affectueuse sur la main, comme un geste de connivence entre femmes.

Et puis, ma foi, nous sommes revenus dans la fête, d'autant qu'à l'autre bout de la table Le Bihan et les autres s'étaient pris de brailler des chansons à boire et faisaient un raffut de chats écorchés.

Ensuite, il y a eu encore pas mal de verres, pas mal de chants, et beaucoup de rires. Javenoux était en grands propos avec Laurence (sous le regard très tiède de Guilleven). Soizic faisait mine de ne rien voir et parlait avec Colette. Nous mangions les galettes.

C'est ensuite qu'imperceptiblement tout s'est ralenti. C'est venu progressivement : on a chanté moins fort, on a parlé moins vite. Et Soizic a dit :

« Vous ne trouvez pas qu'il fait moins chaud ? »

On a tourné la tête vers la lande, vers les arbres et la mer, et on a vu qu'il n'y avait pas de doute : la lumière avait pâli. En regardant au ciel, on voyait toujours cette brillance, éblouissante encore, mais qui, cette fois, n'était plus du tout naturelle. Alors, au travers de nos verres fumés, nous nous sommes replongés dans le roulement des étoiles : c'était vrai, nous n'avions plus qu'un demi-soleil, rogné de moitié par l'autre boule, invisible et noire, qui avançait lentement en éteignant le ciel.

Là, dans ce silence de contemplation, Marie a poussé un cri.

On l'a vue penchée en avant, se tenant le ventre.

« Qu'est-ce qu'il y a ? a crié Le Bihan en courant vers elle.

— Mon Dieu ! » a dit Josette.

Madec s'était approché et avait posé une main sur le ventre d'enfantement.

« C'est le petit qui vient, dit-il.

— Déjà ! Est-ce que ça n'est pas trop tôt ? a demandé Le Bihan.

— Trop, non. C'est tôt, voilà tout, a répondu Madec. Josette, je crois que vous vous y connaissez un peu ? Venez avec moi ; nous allons la transporter à l'intérieur. Faites chauffer de l'eau. »

Ils entrèrent dans la ferme, et la porte fut refermée comme pour cacher ces miracles très mystérieux, trop mystérieux pour qu'un seul souffle n'en filtrât au-dehors, qui devaient s'accomplir dans leurs cachettes d'ombre.

Quelle inquiétude ? Madec n'était-il pas le meilleur médecin du monde ?

Oui, il l'était.

Quant à Josette, pour s'y connaître, elle s'y connaissait. Non pas qu'elle ait passé son existence à procréer — quoiqu'elle en eût le désir — mais c'est plutôt son expérience de la vie, de toutes choses de vie et de mort, du premier au dernier cri, qu'elle allait devoir mettre en œuvre ici. Ne vous y fiez pas : c'était une *bistrote* — c'est bien ce mot que vous employez, non ? —, mais une *bistrote* de grande classe, qui possédait un esprit plein d'invention ; une femme très savante.

Et, de notre côté, nous restions debout autour de cette table, plantés comme des idiots à nous clouer le regard sur cette porte close. Qu'est-ce qu'on croyait ? Qu'est-ce qu'on s'attendait à en voir sortir ? Un diablotin à ressort ?

« Qui veut un coup de blanche ? » a demandé Javenoux.

Mais c'est qu'on l'aurait tué cet homme-là ! N'avait-il donc pas de cœur ? Même en connaissant son esprit de *provocation*, cela ne nous faisait pas rire du tout.

C'était une brute !

Toute haine juste mise de côté, sa question stupide nous a bien sortis de la prostration dans laquelle nous étions enlisés.

Et, au fait, ce coup de blanche nous l'avons bu ; très calmement ; très gravement, à dire vrai.

C'est que nous venions de nous faire arracher la figure, voyez-vous ; notre figure de fête ; notre petit jeu à faire croire que nous étions sourds comme des pots et que nous n'entendions pas ce roulement du monde, pourtant profond et violent, le vent qui passait comme une lame dans le ciel, et ces grands chuchotements d'arbres qui, avec une évidence cruelle, se foutaient pas mal de nos mines de clowns et de nos bramées de chansons. Nous étions découverts.

C'est qu'on ne les abuse jamais longtemps, ces voix du vivant, tout autour de nous. C'est qu'il faudrait parler, parler sans cesse et très fort, pour les couvrir, sans jamais s'arrêter. A l'instant même du silence, elles nous reviennent au tympan, plutôt graves et majestueuses, qui ne nous disent même pas de nous taire, qui murmurent qu'elles sont là avec une sorte d'ironie triomphante et très vexante pour nos petits efforts d'oubli. Voilà ce que nous pensions à ce moment-là ; pas avec ces mots, bien entendu : il suffit de nommer une chose pour que, déjà, elle en soit changée et vous échappe à nouveau ; non, ça n'était pas ces mots-là, mais l'impression y était.

Nous étions penauds.

Ensuite, battus pour battus, nous avons montré que nous étions beaux perdants. Nous savons être très dignes quand nous voulons bien nous en donner la peine.

Un enfant qui va naître ? Soit. J'accepte cette naissance. Et quoi d'autre ? Une éclipse ? Le soleil qui s'éteint ? C'est entendu, donnez-moi votre éclipse, je l'accepte aussi de bon cœur. Et ces coups sourds de la houle sur les dunes, et la terre sous nos pieds, qui vit d'une vie lente en grondements très lointains ; oui de cela encore je veux bien, donnez-moi tout j'en prendrai garde. C'est bon, laissez donc vos falaises et vos landes, je les adore ; et les tempêtes, aucun problème ! Je peux très bien m'occuper de vos tempêtes. N'ayez crainte, je sais parfaitement le respect qui leur est dû. Oui, oui ; j'ai entendu vos bruissements et vos chuchotements, ils sont bien présents à mon esprit, je ne les oublie pas. Je suis d'accord pour tout, là !

C'est tout cela que nous préparions dans nos poitrines en buvant si gravement notre verre de blanche. Il y a toutes sortes de prières, et surtout de celles qui s'ignorent.

Ensuite nous avons levé la tête vers le ciel, et nous avons vu qu'il ne restait plus qu'une fente de soleil.

Tout était figé. La brise avait molli, et les arbres se dressaient tout droits sans un bruit, en colonnes de temple, vers un crépuscule frémissant de mystères. On voyait la mer devenir plus sombre, et du fond du vallon montait cette respiration des vagues qui faisait comme un souffle de bête dans le silence. Nous avions une lumière pâle d'automne, juste avant la pluie ; une lumière de soleil voilé par les transparences de fins nuages de septembre. Pouvez-vous imaginer l'aubépine et les fruitiers en fleurs par cette lumière-là ! C'était triste comme une première neige sur un champ éclos.

Et puis il n'est plus resté là-haut qu'un rayon d'or.

« Le soleil s'en va, dit Colette, et l'enfant va arriver.

— Tiens ! C'est peut-être bien lui qui le fait partir, le soleil. C'est plutôt rare comme coïncidence, dit Soizic.

— C'est plutôt rare aussi que Marie enfante d'un petit, bêtasse ! » répondit Colette.

Dans leur coin, Javenoux et Laurence buvaient comme des ivrognes, les yeux plantés au ciel.

« C'est un signe, dit le vieux Guilloux en se donnant des airs. Il y a concurrence. C'est peut-être que deux soleils ne peuvent briller ensemble. Ah, ça sera quelque chose que ce petit-là ! Un enfant soleil, peut-être bien.

— Guilloux, taisez-vous, dit Colette en sourire, vous le faites exprès ! »

Guilleven regardait d'un sale œil Laurence et Javenoux rire aux étoiles la bouteille à la main.

Enfin, il y a eu un trait d'or dans le ciel, un fil, puis un point, et le soleil devint noir.

« Il fait froid », dit Soizic.

Nous étions plongés dans une fausse nuit très impressionnante.

« Jésus ! C'est comme une lumière d'église ! a dit Colette.

— C'est religieux », ajouta le vieux Guilloux.

Tout était sombre par-dessus la mer et les terres. Il y avait une grande lueur très noire, et un silence de poix. Les choses s'étaient arrêtées comme de mort, et l'on entendait le temps qui lentement battait les grèves, dans le soupir des vagues, par-dessus le bourdonnement grave du monde. Immobiles, nous suspendions le souffle. Je crois bien que Colette priait.

Les ventres des étoiles s'embrassaient, et leur ombre caressait la terre.

A ce moment-là, Madec est sorti de la maison :

« C'est un fils, et il est bien né ! » dit-il en souriant.

Presque en même temps, le premier rayon est revenu.

L'Enfant-Roi était sur la terre.

« On le jeta donc, l'énorme Dragon, l'antique Serpent, le Diable ou le Satan, comme on l'appelle, le séducteur du monde entier, on le jeta sur la terre, et ses anges furent jetés avec lui. (...) Malheur à vous, sur la terre et sur la mer, car le Diable est descendu chez vous, frémissant de colère, et sachant ses jours comptés. »

Apocalypse, XII, 9-12

C'est dix-huit ans après la naissance de François, à l'automne 38, qu'on a retrouvé le cadavre de la poule sur la route à l'entrée de Lanemœur.

Nous étions dans les premiers jours de novembre.

Cela ne ressemblait pas à un accident : le corps d'un côté, la tête de l'autre, coupée net, et joliment disposée.

Drôle de farce, vous ne trouvez pas ?

C'est comme ça que tout a commencé : par une farce ; une poule égorgée, abandonnée sous la pluie.

C'est un peu vertigineux dix-huit ans qui passent pendant lesquels chaque chose, chaque détail, se met en place pour donner... pour donner quoi, au fait ? Pour fabriquer quelle sorte d'homme ? Ah, patience ! J'y viens, laissez-moi reprendre le fil ; laissez-moi retrouver ces souvenirs, ces petites histoires auxquelles, sur le moment, on n'a pas prêté attention — si on avait pu deviner ! — et qui, après coup, donnent un sens à la succession des choses.

Notez bien qu'ensuite on a tous brandi nos indices, nos signes et nos présages comme pour faire croire qu'on avait mieux compris que les autres — moi le premier —, et pour nourrir la légende en donnant une explication au divin !

Et puis quoi encore !

J'ai mon idée là-dessus ; entre ce qu'on a vu et ce qui s'est vraiment passé, il y a un monde ; le fond de l'âme est plus simple ; et beaucoup plus beau, je crois.

Quand on a retrouvé le cadavre de la poule, François n'était encore qu'un enfant ; les dix-huit ans n'y font rien : dans tous ses gestes, dans sa façon de se tenir un peu en retrait avec un regard naïf, c'était un enfant.

Comprenez-moi : il y a des enfants de tous âges ; de très très vieux enfants, parfois. Pour lui, le passage fut rapide, nécessité par la force des événements qui eurent lieu ici ; ce fut une maturation brutale, et pleine de violence.

Mais, de la violence, n'en fallait-il pas pour briser — pour tenter de briser — cet écheveau de sornettes, tissé d'un fil très solide, dont on l'avait ligoté depuis sa naissance ? C'est qu'on a dit... des bêtises, évidemment ; cela donnait à Josette une vivacité et une verdeur de langue qui, même venant d'elle, faisaient filer doux sans demander son reste.

« Mais voyez un peu cette bande d'abrutis, ces

crèmes d'andouilles ! disait-elle. Je vous en ficherais, moi, des enfants soleils ! Vous ne pouvez donc pas l'appeler par son nom ? Oh, c'est à vous que je parle ! Oui, vous ! Allez raconter vos bêtises ailleurs ; je ne veux pas entendre parler d'enfant soleil ici ! C'est un très joli nom, François ; ça ne vous plaît pas ? non ? Alors sortez !... Ah, ils vont finir par me le gâter ! »

Josette — avec l'aide du Madec — l'avait fait naître, souvenez-vous, ce qui lui donnait, semblait-il, un droit de regard sur son éducation. Mais le mal était fait : la nouvelle de sa naissance s'était répandue dans le village en pleine agitation des fêtes de l'éclipse, et chacun y avait été de son écarquillement d'œil et de son petit couplet sur le surnaturel ; on regardait ce bébé comme s'il était tout droit tombé du ciel.

Ensuite ce fut encore pire. On eut honte des histoires stupides qui couraient, et on s'appliqua à bien montrer qu'on ne prêtait pas l'oreille aux racontars et que, oui, c'était un enfant tout à fait comme les autres. Mais le soir, en famille, autour de la soupe, on disait « enfant soleil », et même quand on le nommait par son nom, on laissait une pose après « François », un coup de menton en avant et un léger silence qui voulait dire : « Vous savez bien... celui qui est né pendant l'éclipse. » Ah misère !

Et lui, notre François, encore tout enfant — comme s'il avait compris ce qui se tramait autour de lui —, mit une extrême attention à être incroyablement *normal.* Ce fut un enfant parfait, facile à vivre, intelligent et très poli. C'est fou comme la politesse et l'intelligence peuvent former une muraille imprenable pour dissimuler les profondeurs de l'âme. Si vous voulez savoir, Josette et moi nous trouvions qu'il était beaucoup trop *normal,* justement.

Quand il grandit un peu, il donna un premier coup de canif à la normalité, à cette respectabilité naïve qu'il avait endossée comme une armure : il se lia d'amitié avec Javenoux. Pour être exact, c'est plutôt Javenoux qui vint à lui, très doucement, avec des conseils de chasse et de pêche, des petites astuces qui enchantent les enfants : il lui apprit à imiter un cri d'oiseau en soufflant entre deux tiges d'oyats, il lui montra comment faire un collet à garenne et lui enseigna les places d'affût et le langage des écorces d'arbres.

Avec nous, il resta très poli.

Josette en était malade ! Oui, je sais ce que vous allez dire : la jalousie ! Si vous voulez ; il y avait un peu de ça. Mais il y avait surtout que Javenoux n'était pas d'une fréquentation très recommandable. D'autant moins qu'un drame avait eu lieu, qui était venu alourdir encore un peu plus cette réputation déjà chargée. Je vais vous en dire deux mots.

Souvenez-vous du repas de l'éclipse. Je vous ai raconté, je crois, la belle manière d'intimité qu'avaient pris Laurence et Javenoux en se saoulant à la blanche sous le regard de tous. Personne n'y avait prêté attention ; c'était la fête, et nous ne comptons jamais les verres. Eh bien, figurez-vous qu'on vit ensuite ces deux-là toujours ensemble, très heureux, et riant des langues qui jasaient sur leur passage. Comme *réputation* savoureuse à tourner et retourner, il n'y avait pas mieux : Laurence coiffait encore Sainte-Catherine à trente-cinq ans et ceux qui savaient voir (ou qui en avaient le besoin) s'apercevaient facilement qu'elle avait une *beauté d'âme* suffisante pour laisser une odeur de soufre autour des hommes des couples faits. Quant à Javenoux, il dérangeait suffisamment les esprits avec son insolence, ses airs de bandit, sa lande et ses moutons, pour qu'on trouve toujours quelque chose à dire à son sujet. On n'y prit pas garde tant on était habitués à ce qu'ils ne fassent jamais rien comme tout le monde. Et c'est pour cela que, après quelques mois, quand ils annoncèrent leur mariage, ce fut un chœur d'exclamations muettes qui s'étranglèrent dans les gorges. Pour tout dire : nous en sommes tombés sur le cul (pardon, mais il n'y a pas d'autre mot : sur le cul !).

Et puis Laurence a été enceinte.

Et puis le diable s'en est mêlé.

Quelle pitié ! Ne pouvaient-ils pas trouver un peu de paix, ces deux-là ? Chacun son chemin, et le leur ne valait pas moins qu'un autre pour atteindre un certain repos (ah, j'allais dire : bonheur ; mais cela vous aurait encore fait ricaner, pas vrai ? Ravalez donc vos ricanements ; il n'y a pas de quoi, la suite fut plutôt sombre).

C'est arrivé une nuit de tempête (je vous disais bien que le diable s'en était mêlé). On a entendu Javenoux qui appelait dans la rue en faisant un raffut à réveiller les morts.

On se lève, on va à la fenêtre, et là, dans le noir et la pluie, on distingue l'autre qui court en appelant Madec. Il y avait un malheur à Guildo.

Madec, qui s'était fait raconter toute l'histoire, vint me chercher : il craignait le pire. Laurence n'était enceinte que de sept mois et venait d'entrer en travail ; c'était beaucoup trop tôt, et cela ne se passait pas bien.

Nous avons pris une lampe-tempête et nous sommes partis sur la lande dans une nuit de violence qui gémissait de vent et d'eau. Javenoux avait filé devant en courant, comme pour échapper à sa douleur, sautant par-dessus la bruyère dans le noir.

Quand nous sommes arrivés, la ferme de Guildo était là, comme un tas de pierres sombres abandonné dans la nuit de tempête, sans la moindre lumière d'espoir aux fenêtres.

Nous avons frappé, et nous sommes entrés en appelant : « Javenoux, oh, Javenoux ! » Pas un bruit d'humanité, pas une parole, pas même un gémissement. Alors, nous sommes montés à l'étage, et nous avons poussé la porte de la chambre.

Ah, le malheur ! Comment vous dire ? D'abord

on ne voyait que le sang ; il y en avait partout ; et comme pour en chercher la source, le regard courait le long de la pièce très mal éclairée jusqu'à se perdre au fond, dans l'ombre, où l'on découvrait le lit. Misère ! Je me suis approché ; j'avais l'eau bénite, et la croix, et les mots en latin, et dans l'œil, soudain, un grand désespoir devant ce qu'on voyait là.

Madec s'est précipité, mais il n'y avait pas besoin d'être médecin pour comprendre que toutes affaires de vie étaient achevées ici et que, moi-même, avec mon eau bénite et mon sacerdoce, je n'avais plus grand secours à donner ; il allait falloir être très humble, du reste, et faire juste les gestes consacrés, et prier, car devant nous s'étalait un véritable carnage.

Sur le lit ensanglanté, dans la pénombre, reposait Laurence, nue et les yeux fixes, un enfant mort entre les seins.

A genoux au pied du lit, Javenoux avait posé sa joue contre la main de Laurence et restait là, le regard fou, sans un pleur, chantonnant tout bas un petit air qui faisait comme un gémissement dans le silence.

Il y a des morts terrifiantes (ce n'est pas au sang ou au *spectacle* que je pense). A l'évidence, des forces très puissantes s'étaient tenues ici, qui avaient accompli leurs œuvres en partageant l'esprit de la chair vive, d'un tranchant définitif et indifférent. Et tandis que je me raccrochais à mon office, comme pour ne pas perdre l'équilibre, me vinrent deux ou trois questions sur le *destin* (ou n'importe quel autre mot qu'il vous plaira d'employer), auxquelles je ne pus répondre que longtemps après en voyant se dessiner derrière les événements une autre histoire beaucoup plus limpide et plus grave.

Ensuite, revenant aux nécessités de l'instant, j'ai pensé : comment ? Qu'est-ce qui s'est passé ? Du coin de l'œil je voyais Madec qui, rapidement, avec des gestes courts et efficaces, avait examiné la situation et se penchait maintenant sur Javenoux en lui parlant doucement.

Je vous passe la suite ; tout cela fut très pénible. Et le lendemain, à la lumière du jour, on se retrouva dans un village en grande émotion.

Javenoux, que Madec avait amené chez lui, disparut vers midi. Certains racontèrent ensuite qu'ils l'avaient vu prendre le sentier de Porrie, vers la lande. On partit à sa recherche, on alla jusqu'à Guildo, mais il demeura introuvable. Ce fut tout pour ce jour-là, et puis Javenoux ne connaissait-il pas la lande mieux que quiconque ? C'est l'argument que l'on donna pour se garder une conscience paisible, mais souvenez-vous de cette *réputation* dont je vous ai parlé et vous comprendrez que personne n'avait envie de trop se fatiguer pour le retrouver.

A Lanemœur on parla beaucoup ; dès qu'il y a de l'horreur quelque part, même les plus obtus et les plus abrutis se découvrent de l'imagination. Dans ce qui fut dit, on n'oubliera pas la réaction de Guilleven (on ne l'oublia pas, du reste, et cela lui fut servi réchauffé bien longtemps après). Il cria, tempêta, se tordit les mains de douleur (rappelez-vous qu'il avait fréquenté Laurence avant d'épouser Soizic), il demanda qu'on enquête sur cette mort, il accusa Javenoux de choses très déplaisantes, des choses assez définitives et qui ne s'oublient pas. C'est bien simple : il n'aurait pas fait plus de tintamarre si Soizic elle-même était morte. Soizic, justement, comprit très bien tout cela ; et tout le monde le comprit, à vrai dire, tant cela crevait les yeux (surtout avec l'état d'esprit dans lequel ils se trouvaient, parce que fouiller dans le purin, ça les rend intuitifs, si l'on peut dire, mais pour ce qui est de comprendre — pas avec la tête, avec le cœur — il n'y a plus personne, et l'on aura beau jeu, ensuite, de se débarrasser des questions en parlant de *caractère* !). Enfin, bref : les hurlements de douleur du Guilleven, Soizic les prit pour argent comptant, et entre eux tout fut fini. Tranché net, et sans qu'il fût besoin d'expliquer la marche du monde.

On ne divorce pas par ici, surtout à cette époque. Mais c'était tout comme. Elle ne lui adressa plus jamais la parole depuis ce temps-là. Et Guilleven devint très silencieux ; de ce genre de silence qui se fermente au bistrot et qui ronge du dedans.

On revit Javenoux après quelques jours. Il rôdait sur la lande et envoyait au diable ceux qui l'approchaient. Cela dura plusieurs mois. Il restait seul avec ses moutons et il y en eut pour raconter qu'on l'avait vu, la nuit, courir dans les broussailles, et hurler par-dessus les falaises, et je ne sais quoi d'autre du même tonneau.

Et puis le temps passa et les esprits se calmèrent un peu. Mais comprenez-vous maintenant pourquoi, quelques années après, quand nous vîmes, Josette et moi, que François se prenait d'amitié pour Javenoux, nous avons été un peu inquiets. Javenoux avait beau avoir passé son temps de folie, il restait quelqu'un de très étrange.

Ensuite François grandit et, comme tous les Le Bihan, devint un colosse bien bâti. Il poussa plus haut que son père, mais pour la figure, c'était les traits de sa mère : fins et bien marqués ; des lignes élégantes de gens de châteaux et d'intérieurs (n'oubliez pas qu'elle était née d'Avel de La Ravilais), qui n'ont pas l'épaisseur et le dur de la mer et du vent comme on trouve par ici. Il était vraiment très réussi : le beau par la mère, la force par le père.

Et puis arriva ce fameux hiver 1938 dont on ne faillit jamais se remettre.

Gardez bien en mémoire tout ce que je viens de vous raconter, et ne venez pas ensuite me parler de *caractère* ou de *fatalité*.

Est-ce que vous voyez une fatalité à devenir égorgeur de poules ?

Parce que c'est bien de cela qu'il s'agit : ça a commencé comme ça ; en novembre 38.

Parce que Josette a trouvé le cadavre de la poule.

Et ce n'était qu'un début.

Ah... l'hiver 38 ! L'hiver du diable ! (je n'exagère pas : vous verrez).

On s'en souvient très bien.

On s'en souvient à cause de la poule et de ce qui a suivi, mais on s'en souvient aussi parce que ce fut le plus noir, le plus humide, le plus violent hiver de vent et d'eau qu'on ait vu depuis des années.

Les tempêtes et le brouillard, il y en a que cela inspire, paraît-il. Nous, ça nous faisait plutôt rentrer dans nos maisons comme des animaux dans leur terrier. Imaginez des jours et des jours de gris et de hurlements de pluie qui soulevaient les ardoises. De Porrie, on n'y voyait pas jusqu'à Guildo. C'était de l'eau, et de l'eau, et encore de l'eau !

Pour donner un peu d'espoir, il y avait certains matins comme une ruse du ciel où la pluie s'arrêtait pour une heure ou deux. Si on avait de la chance, c'était même une flaque de bleu qui clapotait cinq minutes par-dessus le gris ; et puis venaient de nouveaux nuages qui filaient, déchirés de vent, et qui descendaient, noirs d'eau, jusqu'au ras des falaises à nous chatouiller le crâne. C'était pas Dieu possible !

Alors nous vivions rentrés. On s'occupait des

bêtes, et les hommes allaient au bistrot de Josette. On tournait en rond.

Et puis il y a eu la poule.

Josette l'a trouvée un matin en allant ouvrir le bistrot.

C'était un matin très louche du début de novembre. Depuis la veille soufflait un grand frais bien humide et assez déplaisant.

Josette s'était levée tôt, comme tous les matins, puis elle était sortie, courbée en avant dans la bourrasque, avec la capuche qui lui cachait la vue sur les côtés et le ciel qui lui jetait des paquets d'eau sur la figure.

Et soudain, elle remarque quelque chose de plus clair vers la gauche sur la route noire de pluie. Elle hésite de froid sur deux pas, elle s'arrête, et de curiosité elle s'approche pour voir de quoi il s'agit.

C'était la poule.

Une poule tout à fait banale, le cou tranché, qui saignait encore à peine comme si on venait de la poser à cet endroit.

Josette a regardé la poule, puis elle s'est redressée et a regardé autour ; et autour c'était une aube grise de tempête, absolument déserte et mugissante de gros temps.

Elle est restée un instant indécise et plutôt inquiète, puis elle a pris le corps, elle a pris la tête, et elle est repartie.

Voilà, c'est comme cela que tout a commencé.

Alors évidemment, une poule ce n'est pas la

mer à boire, si l'on peut dire, et personne n'a pris cette histoire très au sérieux.

Au bistrot, le premier arrivé c'était Guilleven, comme tous les jours depuis la mort de Laurence. Il n'avait jamais été un grand causeur, mais là c'était devenu une huître (autant pour la parole que pour la façon avec laquelle il s'agrippait à sa chaise comme un coquillage sur un rocher). Il venait ; il s'asseyait ; il buvait. Si on lui demandait, il répondait : « Qu'est-ce que vous voulez que je foute à la maison ? J'en ai plus de maison ! » C'était dit ; il n'y avait rien à ajouter ; et personne n'avait envie de demander les détails.

Alors Josette lui a raconté, pour la poule :

« Qu'est-ce que tu en penses, Guilleven ? »

Il a grommelé, le nez dans son verre :

« Je m'en fous de vos histoires. On me demande mon avis, maintenant ? J'en pense rien ; je ne pense plus, voilà ! Ils peuvent bien tuer des poules et tout le village avec ; on a vu pire ici. »

Josette était bien trop fine pour s'acharner sur un ivrogne ; à quoi voulez-vous que cela serve ? C'est qu'il y a des malheurs qui font gloire (ce sont des explications de la même eau que le *caractère*) ; il y a des passés bien utiles, que l'on vous sert réchauffés et sans vergogne, avec un frisson dans les reins. Il n'y a rien à y faire que de s'y casser les dents.

Josette a haussé les épaules en disant trois mots pour montrer qu'elle n'était pas dupe, et puis elle est retournée derrière son bar.

Ensuite, les autres sont venus, chassés par le temps pourri, et les déserts de landes, et la mer en furie qui les bloquait à terre, écrasés d'ennui.

Alors Josette leur a raconté l'histoire de la poule.

Vous parlez d'une distraction !

« Quoi ? Une poule ?

— Comme je vous le dis : sur la route à l'entrée de Lanemœur ! Attendez, je vais vous la chercher... »

On la retournait dans tous les sens, l'air incrédule.

« Là, je ne vois pas. C'est quelqu'un qui l'a perdue ?

— Vous plaisantez ! Quand vous préparez une poule, vous sortez souvent vous promener avec, sans panier, sous la pluie, encore toute saignante ? »

Dame ! On n'y comprenait rien.

On a demandé à droite et à gauche :

« Oh, Rabardel ! Oh, Le Bihan ! Vous n'auriez pas perdu une poule, par hasard ?

— Perdu quoi ? »

Voilà : c'était une histoire de fous.

Bientôt, ça a fait le tour du village. Et, comme on n'avait rien à faire, on a mis les bottes et le ciré, et on est sortis dans le déluge de gris et de vent en pestant contre le ciel, pour aller faire un petit tour du côté de chez Josette, et y boire un coup, comme ça, puisqu'on passait devant.

Chez Josette, je ne sais plus si je vous l'ai dit,

c'est assez petit. Il y a la cheminée, quatre tables, quelques chaises, et un vieux fauteuil à oreillettes recouvert de tapisserie brune ; c'est le fauteuil de Josette. « Vous ne voudriez quand même pas que je reste debout à mon âge ! disait-elle. Vous ne voudriez pas non plus que je m'use les fesses sur une mauvaise chaise ! Je suis ici chez moi ! Laissez-moi prendre mes aises. » Il ne fallait pas lui commander ; elle vous servait selon son bon vouloir, quitte à vous laisser remplir votre verre vous-même les jours où elle avait ses humeurs : « Ne me dérangez pas ; je ne suis pas au bagne ! La bouteille est sur la table, et n'en faites pas déborder. » Elle tendait le bras et donnait son petit coup de menton en avant, puis laissait retomber sa tête en faisant mine de s'absorber dans la contemplation du feu.

Ce jour-là, attiré par l'histoire de la poule, il y eut un monde fou au bistrot ; on s'était assis sur les chaises autour du fauteuil de Josette, et on se faisait raconter et reraconter toute l'histoire, un peu déçus finalement, car il faut bien le dire, une poule égorgée, cela ne permet pas des développements à n'en plus finir !

Chacun y alla de son explication, avec un air peu convaincu. Le seul à prendre l'affaire au sérieux, ce fut François (et je ne dis pas cela après coup, pour le faire mousser ou pour monter sa position en épingle ; je le dis parce que c'est vrai ! Et alors qu'on en était encore à faire des plaisanteries stupides sur cette histoire de poule, il était le seul à dresser l'oreille comme s'il pressentait déjà l'horreur à venir). Voilà ce qu'il disait : « Si la poule saignait encore, c'est qu'elle venait d'être posée là. Et puis on ne se promène pas à l'aube sous la tempête avec une poule encore toute saignante, vous ne croyez pas ? Et pour finir, est-ce qu'on est venu la réclamer cette poule ? Non. Est-ce qu'on a signalé un vol ou quelque chose ? Non. Alors moi, je crois bien que c'est fait exprès ; quelqu'un a déposé là cette poule pour qu'on la voie, et qu'on se pose des questions. » On a dit : « C'est une farce, alors ? » François a répondu : « Je ne sais pas ce que c'est ; vous trouvez ça drôle comme farce, vous ? »

Non, on ne trouvait pas cela vraiment très drôle, mais à vrai dire on s'en fichait un peu ; on avait beau comprendre les arguments de François, on ne voyait pas où il voulait en venir. Et dame ! Une poule c'est une poule ! Ce n'est pas une montagne, n'est-ce pas ?

Et ma foi, puisqu'on était là, on a bu un coup ou deux, de très bon cœur, en regardant, plutôt goguenards, la tempête se déchaîner au-dehors. N'étions-nous pas à l'abri ? Dans la cheminée le feu donnait une bonne odeur de chaud et de confort, et la buée coulait le long des vitres. Décidément, cette petite histoire était une véritable aubaine. Nous nous pressions les uns contre les autres en parlant fort, en levant nos verres à notre bonne fortune et à l'euphorie du nombre.

Voyez-vous, s'il y a bien un sens que l'on a

perdu, c'est le sens de l'*âtre.* Je ne parle pas de beauté, ou d'agrément ; les flammes sont très jolies à regarder, c'est entendu. Mais je pense à autre chose ; c'est cette histoire de poule qui m'y fait penser ; c'est un peu plus grave. Je pense à la *tribu,* je pense à un remède contre l'isolement et la peur. L'*âtre*, justement, est un réconfort très ancien. Et que les ricaneurs trouvent des idées de remplacement : le temps se charge toujours de nous faire comprendre (trop tard, en général) ce genre d'évidence. Parce que la vie s'amuse, voyez-vous ; la vie s'occupe de nous mettre une nuit ou l'autre nez à nez avec des printemps d'éclipse, des hivers de tempêtes, des tueurs d'animaux ou de n'importe quoi d'autre, qui vous font ravaler vos *caractères* et vos discours de coupeurs de cheveux en quatre. C'est alors la panique ; sous quels abris courir — auparavant détruits de nos propres mains ? A quels Saints, à quels Dieux, à quelles paroles d'apaisement se vouer ? C'est le retour de l'animal qui tourne en rond pour se terrer. L'*âtre*, vous dis-je ! Le bon du feu qui protège et qui rassure quand sur les routes des fous égorgent du bétail à l'entrée des villages ; la belle confiance d'un cercle d'humains autour des flammes crépitantes. C'est un peu cela qui se retrouvait chez Josette, épaule contre épaule, loin des violences déchaînées de la tempête, des rôdeurs et des mystères : le sens de l'*âtre.*

Et là, près du feu, réchauffés par le nombre et les verres de blanche, on s'interpellait de tous côtés, on racontait mille histoires pour faire croire qu'on y comprenait plus que les autres.

« Souvenez-vous du marsouin qu'on a retrouvé échoué sous le Gwen il y a cinq ans !

— Mais qu'est-ce que tu racontes ! Ce n'est pas du tout la même chose. Là, c'était un coup d'hélice qui l'avait tué ! Probablement une des vedettes du Cap, ou bien le baliseur de Saint-Malo qui partait au Grand-Léjon. »

Et l'on buvait ; et l'on parlait avec beaucoup d'entrain ; nous étions à l'abri dans notre petit bistrot, bien loin de nous douter de ce qui allait nous tomber sur le poil.

Ensuite, l'histoire de la poule n'a plus fait recette ; on en a encore parlé pendant une semaine ou deux, et on a pensé à autre chose.

Novembre s'est traîné sous une agonie du ciel assez impressionnante pour la saison, qui vomissait ses entrailles de gris à longueur de journée.

Pour la pêche, on continuait d'espérer, on disait : « Le vent tourne ; ça va se lever. » Cause toujours ! Si le vent tournait, ce n'était que pour apporter une nouvelle brassée de nuages bien frais et nerveux, gorgés d'eau, qui ne demandaient qu'à s'épancher sur nos têtes pour nous faire tourner en bourrique.

Alors on faisait quelques travaux à la maison, on s'occupait des bêtes, et on finissait toujours au bistrot, histoire de se retrouver, de passer le temps et de parler du ciel qui « allait se lever » comme d'une plaisanterie que l'on commençait à trouver plutôt saumâtre.

A cette époque, nous vîmes François beaucoup plus souvent. Josette et moi avions toujours été proches de lui, mais c'est de ce temps-là, je crois, que date le début d'une certaine maturité dans nos échanges ; je veux dire qu'il ne venait plus à nous avec des questions d'enfant, mais avec des réflexions d'homme.

Un jour de ce mois sinistre, justement, nous nous retrouvâmes tous les trois autour d'un verre, à parler de choses et d'autres. Contrairement au sentiment général, François n'avait pas du tout pris l'histoire de la poule à la légère ; il ne s'était pas empressé de l'oublier, non plus. « Ah, ça me turlupine, disait-il. Ce n'est pas parce qu'on ne comprend pas que cela ne veut pas dire quelque chose. Et puis, on l'a bien posée là, cette poule. Il y a bien quelqu'un qui lui a coupé le cou ! C'est sûr : il y en a un qui ment. » Nous ne savions pas quoi répondre ; si nous voulions bien le suivre dans son raisonnement, en revanche nous n'en acceptions pas les conséquences : il est beaucoup plus arrangeant pour l'esprit de faire la bête, plutôt que d'imaginer l'un d'entre nous en train de massacrer de la volaille sur les routes au petit matin. « C'est forcément un du village, ajoutait-il comme pour remuer nos doutes ; Fréhel est trop loin ; non : c'est un d'ici. »

C'est entendu, nous étions d'accord, mais cela

nous laissait un arrière-goût d'inquiétude assez désagréable.

C'est sans doute cette idée de peur qui dérangeait Josette ; nous la vîmes froncer les sourcils en soupirant, puis elle posa son verre et se leva en disant : « J'ai à faire. » Nous connaissions bien ces manières : combien de fois les avions-nous vues à l'œuvre ! Josette avait parfois besoin de solitude et ne s'embarrassait pas de mots pour le faire comprendre. Mais cela ne gâchait pas du tout notre amitié ; je vous l'ai dit : il nous faut fort peu de mots pour nous entendre ; et enfin, nous avions l'habitude.

Quand nous sommes sortis du bistrot, la pluie battante s'était transformée en une petite bruine très agaçante, soulevée par le vent, qui vous passait comme une caresse d'éponge sur le visage.

François rentrait aux Grèves et moi au presbytère en imaginant déjà la bonne flambée que j'allais me faire, accompagnée d'un petit café bien revigorant dont la seule pensée me passait une douceur de miel sur le cœur.

Mais, arrivé au croisement des sentes sur la falaise, au lieu de filer chez lui sous ce temps de chien sans demander son reste, François s'est arrêté, s'est planté les pieds dans la bruyère tordue et brunie par l'hiver, et a fait mine de regarder devant lui sans dire un mot.

Qu'y avait-il à regarder, je vous le demande ? Moi je pensais à mon coin du feu et à mon café. Mais il ne se décidait pas à dire « au revoir » ou

« kenavo » — n'importe quoi aurait fait l'affaire —, et moi, comme un idiot, je restais à côté de lui à m'horripiler de froid parce que ma petite intuition me disait d'attendre comme s'il allait dire quelque chose de très extraordinaire.

Pourtant, il ne disait rien ; il regardait seulement avec un air à réfléchir. Et pouvez-vous me dire ce qu'il pouvait bien voir de si passionnant ? Devant c'était la mer libre sous un ciel d'argent. Nous recevions en pleine figure ce vent du large, acéré et continu, qui déferle sur la terre après un élan considérable pris du fin fond des immensités de houle, qui frappe par coups rusés, avec comme un mollissement d'accalmie pour faire croire, et qui revient en vague transparente en vous poussant sur tout le corps de son poids et de ses griffes. C'est un vent de grands espaces ; un vent qui a mûri et s'est affûté sur le plat dur de la mer, mélangé de bruine et de sel, et de violence claire qui sonne le fer comme une enclume.

Comme François ne bougeait toujours pas et qu'il restait là, comme une statue, à regarder les vagues s'élancer, j'ai toussé et puis j'ai dit :

« Bon, j'y vais ; il ne fait pas chaud. »

Il n'a pas répondu tout de suite, mais il a bougé pour montrer qu'il avait entendu. Et, d'un seul coup, il est descendu de sa tour ; il a arrêté de faire l'immobile de pierre et on a vu que, soudain, il sentait le vent et la pluie et le froid, et la bruyère craquante sous ses pieds, et toutes les choses qui l'entouraient. Il s'est tourné vers moi en baissant la tête à cause du vent, et il a dit :

« Et vous, qu'est-ce que vous en pensez, monsieur le Recteur ? Qu'est-ce qui peut bien faire qu'on égorge une poule et qu'on l'abandonne à l'entrée du village ? »

C'est qu'il pensait encore à cette histoire, l'animal ! Et moi qui ne rêvais qu'à mon feu de bois et à mon café chaud ! J'ai répondu : « C'est un fou », histoire de dire quelque chose. Et il m'a regardé avec un air très étonné, comme si je venais de dire une sottise :

« Ah, vous croyez ? »

Ensuite nous nous sommes séparés, et je suis parti vers ma cheminée, ventre à terre pour ainsi dire, avec l'idée désagréable d'être passé à côté de quelque chose de bougrement important.

Et pendant que je savourais ma flambée, bien à l'aise et heureux comme un pape (parfaitement : comme un pape !), avait lieu sur le chemin de retour de François une rencontre tout à fait en accord avec mes petites intuitions, justement.

Cela commence à Guildo.

A Guildo, Javenoux est seul. Enfin, seul... il y a les moutons, mais comme compagnie humaine, vous avouerez que c'est bien peu.

Il est là ; la tête contre le flanc de la brebis. C'est sa brebis préférée. Après le drame dont je vous ai parlé, il s'était mis à l'appeler Laurence. Non ; ce n'est pas ce que vous croyez : il l'appelait Laurence avec des pleurs. Il était seul comme un désert. C'était encore un sentiment d'homme.

Et un peu plus tard, ça a été « Laurence » mais avec des ricanements. Alors il a arrêté de l'appeler comme ça ; il n'a pas pu. C'est qu'il a vécu ensuite des semaines difficiles durant lesquelles il a été à l'abandon, comme entre homme et bête. C'est là qu'il ne pleurait plus ; qu'il ne ricanait plus. On ne l'a plus vu pendant un mois et demi. Pour être juste : il ne s'est plus montré de ce temps-là, mais certains l'ont aperçu le soir sur la lande et ont rapporté des choses assez étonnantes... Je passe parce que, entre ce qu'on a inventé par plaisir et la vérité, on ne pourra jamais trier. Enfin, il se cachait, et l'on peut dire sans se tromper que cela ne devait pas tourner rond.

Et puis un beau jour, il a choisi de rester homme. Il s'est remontré au village — peu souvent, c'est entendu — et, bien qu'il fût encore très bizarre, c'était Javenoux, tel que nous l'avions connu avant le drame.

Depuis, il a appelé sa brebis : La Laurie.

Et ce jour-là, avant de partir sur le sentier de Porrie, il est avec La Laurie, justement, dans l'étable, dans l'odeur des bêtes, dans cette odeur pleine et ronde de laine et de fourrage.

Il entend un clapot de vagues parce que c'est pleine eau et que le vent souffle, mais c'est assez doux comme un murmure de respiration. Dans ce coin, ça n'est jamais fort : on est au fond de la baie de Guildo qui est plate comme une planche à laver, c'est-à-dire avec des rigoles de sable et quelques mouvements de bosses. Entre la basse et la haute mer, il y a des lieues, comprenez-vous, c'est pour cela qu'en pleine eau les vagues doivent prendre leur élan de très loin pour arriver devant les prés salés de Guildo ; et quand elles arrivent enfin, elles ont épuisé toute leur violence et tout leur souffle ; elles sont devenues clapot et vaguelettes qui font juste une présence calme contre les mousses et les herbes de pâture.

« Allez, La Laurie, allez ! » dit Javenoux.

Il appuie du pouce contre les mamelles et l'on entend le bruit clair et creux du lait contre le seau de fer ; une petite musique rythmée à chaque pression qui devient plus lourde de clapotements, en jet assourdi et onctueux.

Les autres bêtes sont déjà au pré.

Javenoux sort de l'étable avec le seau à la main.

Il s'arrête un moment. Il pose le seau par terre. Il reste là, sous la pluie avec son chandail à grosses mailles brunes, taché de terre et de travaux au grand air. La pluie glisse dessus parce que c'est de la laine brute, de la laine grasse comme après la tonte.

Il est là, et il regarde. Devant lui s'étalent les prés salés.

J'ai oublié de vous raconter l'endroit : Guildo c'est une brèche dans la lande ; à droite et à gauche, deux falaises ; au milieu, la baie et les prés salés. Par-dessus les falaises c'est la lande, plutôt sauvage et sinistre près d'ici ; à l'ouest Porrie, à l'est le Gwen. Guildo, c'est comme un coup de hache dans la bruyère ; c'est une entaille de deux kilomètres de large, que la mer essaie de remonter à chaque marée en la grignotant de vaguelettes. Au bout, là où la mer s'épuise, là où il n'y a plus qu'une épaisseur d'eau de quelques centimètres qui rampe encore en s'agrippant à la terre, là, au bout des doigts de mer, ce sont les prés salés : juste au-dessus de l'eau, trois brins d'herbe et deux plaques de mousse très fiers d'en être arrivés là. C'est sur cette pauvre lèpre de prairie que paissent les moutons.

Javenoux regarde tout cela.

Il a toujours comme un pli de sourire un peu cruel et en même temps qui semble dire : « A quoi bon. » C'est un visage très mélangé d'expressions contradictoires : il y a de l'innocence aussi, comme dans un visage d'enfant. Ajoutez par-dessus une tignasse noire et bien frisée, une peau tannée de sel et de mer, et vous aurez Javenoux.

Et puis il a eu assez de pluie, de vent et de paysage pour se sentir repu, alors il a repris le seau et il est parti vers la ferme.

Tout est resté vide un moment, avec au loin quelques bêlements et le murmure de l'eau. Le ciel commençait à se dégager vers l'ouest ; il était moins noir et l'on sentait que le ventre des nuages se faisait moins rebondi.

Et Javenoux est sorti avec une grosse veste de drap bleu marine, épaisse comme le doigt, qu'il avait fermée jusqu'au col. Il tient un pot à lait dans la main.

Il a fermé la porte ; il a poussé la barrière ; il a regardé autour de lui ; et il a pris le sentier qui monte à flanc de falaise jusqu'à Porrie.

Il avance lentement en pesant sur chaque pas.

Et la pluie s'est arrêtée.

Alors Javenoux s'est arrêté lui aussi, en reniflant un peu pour voir ce que cela voulait dire, et puis parce qu'il venait d'arriver en haut, sur le plateau de lande — où l'on s'arrête toujours, comme pour juger de l'effort accompli.

A main gauche c'est Porrie, à main droite c'est là d'où l'on vient, et en pleine face c'est le grand large de la mer et du ciel.

Tout de suite, il a vu la trouée claire de lait au-delà de Roche-Plate ; l'embellie grignotait le gris. Cela tiendrait pour la journée. Avec un peu de chance on verrait du bleu.

Ensuite il est resté un moment à tourner la tête et à flairer au vent.

Javenoux, tant qu'il est à s'occuper de la ferme et des bêtes, ça va, ça tire droit ; mais sur les plateaux de lande, quelque chose en lui se réveille : là, ce n'est plus une idée de sourire qu'il a sur le visage, c'est un sourire complet, et qui n'a rien à voir avec la joie ; on penserait presque à de la cruauté s'il n'y avait pas autre chose dedans, plutôt trouble et difficile à exprimer ; quelque chose de sans espoir et d'un peu fou.

Puis il a fait un bruit avec ses lèvres, comme un caquetage, et en même temps un cri de gorge.

Un oiseau est sorti des taillis et a pris son vol en lui répondant.

Ça l'a fait rire tout d'un coup ; d'un rire silencieux qui lui a donné comme un frisson des épaules.

Il avait sans doute suffisamment regardé et senti, puisqu'il est reparti en coupant droit dans le brun à travers la lande. Ensuite, il ne s'est plus arrêté ; il est passé au-dessus de la pointe du Lern sans un regard ; il a juste un peu ralenti près du sentier des Fosses, mais à peine. Et puis il a rejoint le chemin de Lanemœur au croisement des Grèves-d'en-Haut, sous le grand pin ; c'est là qu'on sort du plateau ; c'est le vallon ; tout devient aimable et ordonné. Il a pris le sentier du bourg.

Et, soudain, là, devant, à trois pas, il voit au beau milieu du chemin une motte de terre brune.

Mais ce n'est pas une motte de terre.

Dès que ça a vu Javenoux, ça a sauté de côté en faisant floc, comme quelque chose de rond et mouillé.

Un crapaud.

Javenoux s'arrête, il attend un moment, puis de sa poitrine sort un son très doux et rugueux comme une amorce de scie sur une écorce de chêne.

Le crapaud s'arrête et il regarde Javenoux.

Javenoux fait toujours son chant de bête et il s'approche ; il a repris son sourire de lande.

Ils sont là, tous les deux, à se regarder.

Alors Javenoux lui parle et l'autre essaie de comprendre avec ses petits yeux humides.

Floc ! Le crapaud s'est avancé à un pas.

Javenoux franchit ce pas ; et il se penche. Il regarde le crapaud de tout près, dans les yeux.

« Tu sors après la pluie, toi, dit Javenoux (il parle très doux, très lent, et il reprend par moments son bruit de gorge pour se faire bien comprendre). Tu aimes le mouillé. Tu es tout seul. (L'autre lui répond et il y a un instant de silence.) Tu as une vie de bête. Tu manges les vers et les insectes. Regarde ton ventre ; il est plein de vers ; comme les morts. C'est pas chrétien, ça ; tu as dû en faire pour arriver là ! » (Il se relève lentement en continuant ses bruits de gorge.)

Brusquement, d'un coup de talon, il écrase la bête. Elle a éclaté comme une outre de sang et de tripes.

« C'était pas un regard honnête. Comme ça c'est mieux pour toi. »

Puis il a essuyé sa botte sur l'herbe au bord du chemin, et il est reparti.

Autour tout est de plus en plus clair. C'est le vent qui a fait cela : il est passé dans le ciel en sifflant du fil de sa lame, il a secoué la grande toile grise du ciel, et il a séparé d'un coup le gris en morceaux de blanc. Maintenant il les chasse en les éparpillant lentement, et on les voit passer comme des montagnes qui fuient.

Un merle chante derrière la haie de ronces. Javenoux continue sa route. Il ne sourit plus. Il a un pli de mécontentement triste et un peu de colère. Rien ne change rien à rien.

Et puis là-bas, plus loin sur le chemin, il a aperçu un homme en ciré qui arrivait dans l'autre sens.

L'homme l'a vu. Ils se sont reconnus.

« Oh ! François ! Hé oh !

— Salut Javenoux !

— Ça va bien chez toi ?

— Ça va. Tu portes le lait chez Marianne ?

— Oui. Josette voulait des caillons aussi, mais ils ne sont pas faits. »

Et ils restent un moment l'un en face de l'autre sans rien dire, comme en attendant la suite.

« Tout va bien à Guildo ? reprend François.

— On ne peut pas se plaindre.

— L'hiver c'est toujours plus dur.

— Oh, les bêtes c'est pas comme les cultures, ça occupe toute l'année.

— Tes bêtes, tes champs... tu te débrouilles bien, dit François en souriant. On va t'appeler " Monsieur ". »

Là, ça a marché, enfin, parce que Javenoux a ri, et François s'est senti soulagé d'un coup. Javenoux fait toujours ce qu'il faut pour mettre les gens mal à l'aise.

« Essaye un peu de m'appeler " Monsieur ", si

tu veux qu'on se fâche, a dit Javenoux, très camarade soudain. Et si on se fâche, avec qui je pourrai parler ? »

François a souri en hésitant de gêne. C'est que Javenoux le regardait dans les yeux, et que dans ces yeux-là on ne lisait rien ; c'était froid comme de la porcelaine. Pourtant le visage était bon, alors tant qu'à ne pas savoir, mieux valait sourire.

« Tu vas toujours chasser ? a demandé François.

— Tu voudrais que je t'emmène à la chasse ?

— Je ne dirais pas non.

— C'est d'accord. Nous irons bientôt : il ne faut pas attendre trop avant dans la saison. »

Et Javenoux s'est arrêté comme s'il avait eu une idée, et il a regardé François en rigolant.

« J'oubliais que tu es un vrai chasseur, toi, a dit Javenoux. Tu aimes ça, l'affût ! »

François continuait à sourire, d'un sourire gelé comme un masque ; il sentait ce sourire tirer sur la peau de son visage ; et il sentait que Javenoux voyait cela très bien. Mais il ne pouvait pas s'arrêter, parce que Javenoux l'impressionnait, et parce qu'il n'y avait rien à répondre. Et puis il savait bien que ce n'était pas fini, que l'autre avait encore des choses à dire, et que ce qu'il avait à dire cela allait être un peu fou, comme toujours avec lui, et pas du tout facile à entendre.

« Dame oui ! Un vrai chasseur, a continué Javenoux. Tu sais voir la bruyère bouger sur le lièvre ; tu sais que ce n'est pas le vent, que c'est la bête qui passe ; et c'est bon de savoir ça ! Pas vrai ? C'est bon de savoir traquer. Je t'ai appris, oui. Mais il y en a qui n'apprennent pas ; qui n'apprendront jamais parce qu'ils n'ont pas ça au corps. Tu peux toujours savoir lire dans le ciel, et sentir le vent, et savoir où nichent les macareux, et connaître le flanc de l'arbre qui se prête à la coupe, et voir à travers la mer et les vagues les passes entre les rochers, et toutes ces choses-là ; tu peux apprendre tout ça ; mais si tu ne l'as pas, tu ne sauras pas y faire. Tu l'as ou tu ne l'as pas ; c'est de nature ; c'est senti. Pour la chasse c'est comme pour le reste. Tu étais chasseur avant même de savoir. C'est le bon de l'affût, du guet ; et le bon de voir la bête qui court ou qui s'envole, qui fuit. Et qui peut toujours fuir, qui ne fuira jamais assez loin pour toi. Oui, c'est ça, jamais assez loin pour le chasseur. Parce que ce sont des bêtes ; elles mangent la terre, elles mangent les vers, elles se mangent entre elles. Elles fuient devant le chasseur parce qu'elles savent. Et toi, tu les tues. Et c'est juste. Tu es le chasseur. C'est comme ça. C'est une question de race d'homme, comprends-tu ? Il y a les chasseurs, et il y a les lapins. Ah ah ! Tous des lapins, comprends-tu ? Tu veux être un chasseur ? Oui, tu le veux. Tu le sens que tu as ça en toi. Tu l'as toujours senti, pas vrai ? Et tu sais que c'est depuis ta naissance, quand le soleil s'est caché. Tu as toujours su que c'était un signe, pas vrai ? Il y a deux races d'hommes, vois-tu. Tu es de la race des chefs ; ça crève les yeux ! Et il en faut bien des chefs, il en faut bien des chasseurs. Il faut bien tuer. C'est pas de honte ; c'est de nature. Tu sais bien que les dieux ne se payent qu'avec le sang. Ah ah ! »

Voilà ce que lui a dit, Javenoux

Et François ne souriait plus du tout.

Ils sont restés immobiles pendant un moment. Au-dessus du Cap, il y avait une plaque de bleu qui s'avançait vers la lande.

Puis Javenoux a regardé François, et il s'est mis à rire, d'un rire très normal soudain, très amical ; ce n'était plus un rire dangereux.

« Allez ! Je te ferai dire pour la chasse, dit Javenoux. Kenavo, donc ! »

Un grand poids s'est levé des épaules de François.

« Kenavo, Javenoux ! »

Et ils sont partis ; l'un vers les Grèves-d'en-Haut, l'autre vers le bourg.

Une vraie éclaircie de bleu et de bruns dorés s'était étalée par-dessus Porrie, qui gagnait tout le ciel par grandes déchirures.

En passant près du grand pin, François a vu le crapaud écrasé sur le chemin.

Cela lui a fait penser qu'il n'avait même pas parlé de l'histoire de la poule avec Javenoux.

Il a regardé la bouillie de sang et de chair ; il a regardé le crapaud mort ; il l'a poussé du pied dans les broussailles ; et puis il a tourné à droite dans le sentier des Grèves-d'en-Haut.

C'est en décembre que nous nous sommes vraiment enfoncés dans l'hiver.

Vous ne pouvez pas imaginer ce que c'était ! Il n'y avait plus cette violence qui fait mugir les tempêtes d'automne ; nous étions plongés dans un calme uniforme de froid et de nuées sombres. On ne voyait plus le Cap depuis lurette ; à la place, le regard s'écrasait sur une muraille de pluie et de gris sale. L'horizon allait de Porrie, à l'est, qui fumait de vapeurs froides, jusqu'à la Pointe-aux-Chèvres, à l'ouest, qu'on distinguait assez bien avec son dos de rochers bruns qui s'enfonce dans la mer aussi aigu qu'un soc de charrue, comme s'il allait y tracer un sillon.

En bas, la plage était déserte, déshabillée de ses barques qu'on avait fait tenir jusqu'à fin novembre. Et puis, quand on n'y a plus cru du tout à cette éclaircie dont on pariait chaque jour l'arrivée pour le jour suivant, on est venus à trois ou quatre, et on a remonté les bateaux à l'abri pour leur hivernage.

C'est en voyant cette étendue déserte que l'on comprend tout de suite que la sauvagerie peut être très naturelle ; une sauvagerie de sable, de rochers, de dunes hautes et crêtées comme des dos de grands animaux qui dorment. Et puis les vagues ; ces vagues d'hiver ; ce ne sont pas ces vagues de belle saison qui sont aimables et qui font le dos rond comme pour jouer ; ce sont de grandes vagues vertes de gros temps, méchantes comme des teignes, qui ramassent leurs forces de très loin et qui bondissent pour attaquer, pour faire du mal, désespérées de violence, qui frappent et qui se débattent en se secouant de tous les côtés.

L'hiver est là quand cela vient en procession à pas même une journée de répit.

Je veux dire : les tempêtes.

Une journée ; c'est la limite. Quand l'accalmie tient deux jours, trois jours, nous n'y sommes pas encore, cela ne veut rien dire : on peut encore se retrouver avec du beau pendant des semaines, avec presque un temps de printemps au plein cœur de novembre. Mais quand elles passent toutes d'affilée — une tempête le soir, un mieux le matin, et le vent qui revient avec la marée — c'est qu'il n'y a plus rien à espérer. C'est que l'hiver est là.

Cette année 38, l'hiver est arrivé début décembre.

Juste le jour où Madec était allé ramasser du goémon pour engraisser ses cultures.

Nous eûmes un très beau brin de matinée ; puis la mer s'est creusée, et elle a verdi d'un vert presque noir. Le vent est venu, très innocent, comme une petite brise qui n'avait l'air de rien, et le ciel s'est recouvert en moins d'une heure de grosses balles de nuages noirs de suie et nerveux comme des nids de vipères qui déboulaient en désordre du fond des horizons avec des airs de bêtes sombres et bondissantes qui étiraient de longs bras d'eau comme pour arracher et déchirer la terre.

Ensuite nous n'avons pas eu de repos jusqu'aux fêtes.

Et nous nous sommes retrouvés à la veille de Noël, plutôt abrutis par nos habitudes hivernales.

Ce jour-là, le temps était dans l'entre-deux. La pluie avait faibli en milieu de matin, et déjà à midi on voyait du bleu. C'est que, pendant la nuit, le vent avait tourné, et il était venu un grand souffle d'est, dur et froid comme du métal, qui avait poli le ciel et qui figeait l'eau dans les mares.

J'ai cru qu'on allait avoir de la neige.

Et puis non ; ça n'a pas tenu. Le froid, le froid de gel, ne tient jamais longtemps par ici. On dit que la mer est maîtresse : l'été elle refroidit pour ne pas se faire assécher, et l'hiver elle réchauffe pour ne pas se prendre de glace. C'est elle qui décide du temps.

En cette veille de Noël, j'étais à la sacristie pour tout préparer en vue de la cérémonie du soir.

Vous n'imaginez pas combien ces occasions donnent un travail fou ! Et tandis que je briquais le vieil encensoir, je pensais aux cuivres brillants, aux ors et aux lumières qu'exigeait la foi de mes ouailles. J'en connaissais deux ou trois au sujet desquels je n'aurais pas parié qu'ils n'eussent pas vénéré plus le soleil lui-même que son créateur. Tout ce qui brille est bel et bien or, et de l'or à Dieu il n'y a apparemment qu'un très petit pas (et on verra qu'il y va du même principe pour les humains, et on aura vite fait d'en mettre un sur le trône, pourvu qu'il ait été suffisamment cocardier !). Que cela brille, donc ! Et que cela chante et resplendisse ! Faites sonner les orgues par-dessus le marché, et vous les trouverez à genoux. « *Simulacra gentium argentum et aurum opera manuum hominum* » : les idoles des nations sont d'or et d'argent travail de la main des hommes... Vous voyez bien, je n'invente rien !

Mais non, mon petit couplet n'est pas bien méchant, et je ne suis pas si mauvais que j'en ai l'air. Si je ne croyais pas en ma vocation, cela ferait quelque temps déjà que j'aurais pris du large ; vous ne pensez pas ? Quant au Vatican, il peut bien brailler : il est vraiment très très loin, le Vatican, et notre pauvre chapelle n'a pas vu l'ombre d'une mitre depuis des décennies ! Enfin, vous allez me parler de saint Thomas — quand on cherche une excuse, on parle toujours de saint Thomas ! C'est entendu, saint Thomas lui-même a voulu voir pour Croire. Alors je me tais. Et que brillent les ors et les lumières puisqu'il faut des signes. Ah, on voudrait le Ciel à portée de main !

La messe de minuit, justement, est l'un de ces signes.

(Et ce dont on ne se doutait pas, moi le premier, c'est de ce qu'on allait se prendre sur le coin de la figure, et que, de signes et de messes, il en existe de toutes sortes ; et des prêtres aussi — d'espèces finalement pas plus noires que d'autres, comme je l'ai cru à l'époque —, et je ne parle même pas des

Dieux qui, en fin de compte, sont légion : aussi nombreux que chacun des espoirs qui grouillent dans chaque homme.)

D'accord, j'arrête mes mystères ; je raconte.

La journée nous a offert un beau ciel bien clair. Pendant ce temps, on se préparait l'âme pour la messe, et le ventre pour le dîner ; surtout le ventre (l'âme aurait son heure).

Et la journée est passée. Le dîner aussi ; et le ventre a été plein.

Alors Josette a pris les lampes.

« Je prends les lanternes fermées à cause du vent. En voulez-vous une, monsieur le Recteur ?

— Ah merci, Josette, je veux bien. »

Et tout le village est sorti dans la nuit pour aller à la chapelle.

C'est une petite chapelle très simple, très innocente, juste à l'entrée du village en haut des falaises, au croisement des sentiers de Porrie, de la Pointe-aux-Chèvres et des Grèves-d'en-Haut. Elle est posée sur un tertre d'herbe, en plein ouest, sous le vent. Derrière, adossé à un petit massif de pins, se trouve le presbytère.

A quelques mètres, sur la pelouse, devant la chapelle, se dresse un très beau calvaire de granite sculpté avec une croix en bois.

Et les gens sont venus.

Je voyais des myriades de points d'or dans la nuit qui arrivaient en se balançant comme portés par le vent. Ils venaient du bourg pour la plupart ; quelques-uns remontaient le sentier des Grèves, d'autres avaient contourné le village par les champs de Goulphar.

Et dans l'air, c'était la grande nuit d'hiver, bien froide, bien nette, avec un ciel frissonnant de clous d'argent qui résonnait comme une tôle sous le vent.

Tout cela a rempli la chapelle : les gens, l'odeur des lampes, des cierges et de l'encens, l'air du dehors, et les étoiles et la nuit.

Alors tout fut prêt.

La veuve Le Guern, à l'harmonium, commença à jouer.

Guilleven était dans les derniers. Il s'est assis sur une chaise du fond comme un sac de grain que l'on jette à terre, avec son visage d'ivrogne qui tombait en avant. Quant à Javenoux, il arriva en retard juste après l'introït (je sais bien que Guildo est loin, mais il n'avait qu'à partir plus tôt !).

Ce fut ensuite une messe très belle et très bien ordonnée. Des buissons de cierges brasillaient autour de l'autel, les chasubles à bordures dorées faisaient un bel effet, et l'encens saupoudrait l'air d'une lourdeur de mystère. Après la deuxième lecture, la plus jeune fille des Rabardel chanta en robe blanche devant l'autel ; il y eut à l'harmonium de belles musiques, très recueillies ; et pour les ors et la lumière on ne lésina pas.

Et pourtant, il y en a un pour qui cela n'a pas dû suffire.

Il y en a un qui a bien ri de nos aubes blanches et de nos cierges. Il a dû bien s'amuser de notre petite cérémonie ; c'est qu'il nous avait préparé un autre genre de comédie.

Alors la vieille Le Guern attaqua la sortie, et l'on ouvrit les portes.

Ah ! comme on se sentait réchauffés et bons ! On s'attardait encore un moment parce qu'il fallait se souhaiter un « joyeux Noël », et qu'il était plus commode de bavarder à l'intérieur que dans le vent ; on sortait lentement dans le murmure des conversations et de la musique.

Un bon tiers de la chapelle s'était vidé quand, du dehors et couvrant tous les bruits, on entendit un cri :

« Regardez ! Regardez la croix ! »

Les gens étaient regroupés au pied du calvaire.

Josette leva les yeux et se signa.

Sur la croix, à deux hauteurs d'homme (il avait fallu monter sur le socle de pierre), se trouvait une dinde, un long clou de fer dans le gosier, encore toute saignante.

Voilà que cela recommençait !

Il y a eu un long moment d'hésitation incrédule durant lequel tout le monde se rassemblait et se poussait pour bien voir, en élevant les lampes à bout de bras.

Imaginez-vous une scène plus étrange ?... Tous ces gens groupés devant une dinde crucifiée, dans la nuit à la lueur des lampes.

Je l'ai dit : il y en a un qui devait bien rigoler.

Et puis, à peu près au même moment, on a tous compris la même chose : on se payait notre tête.

Alors après le mouvement de peur et de surprise est venue la colère.

« On ne va pas rester plantés là jusqu'à Pâques ! Venez m'aider à la déclouer », a crié François.

J'aurais dû parler avant lui — j'étais sur mon domaine, après tout — mais c'est que de surprise, je restais là à faire les yeux ronds comme un simple. Et puis, je peux le dire : j'avais peur. Cette fois, il ne s'agissait plus d'une plaisanterie, voyez-vous, ni d'un *hasard ;* quelqu'un — du village, il n'y avait plus de doute maintenant — était venu clouer cette dinde ; cela voulait se moquer, oui, mais aussi faire du mal.

Nous l'avons descendue, avec François, en regardant attentivement comment cela avait été fait — pour trouver des indices, je suppose. Mais, en fait d'*indices,* la récolte fut plutôt maigre : la dinde avait le cou brisé, donc on l'avait clouée morte ; quant au clou, c'était un de ceux dont on se sert pour réparer les barques. Qu'est-ce que vous voulez tirer de ça ?

Et puis la dinde a été déposée au pied du calvaire et on n'a plus su quoi en faire ; on n'osait même plus la toucher.

Alors ce fut le signal de la débandade. Les mères ont rassemblé leurs enfants dans leurs jupons et les hommes les ont raccompagnées vers les maisons, avec des regards alentour comme si des pluies d'animaux morts allaient leur tomber dessus ; sans un mot, sans un cri, ce fut une panique bien silencieuse.

Nous sommes restés quelques-uns autour de la croix, puis Josette s'est approchée et a pris la dinde par les pattes — elle commençait à avoir l'habitude de ramasser des cadavres de volaille ces derniers temps.

« Allons chez moi », dit-elle.

Quand nous fûmes assis autour du feu, nous nous regardâmes un peu ahuris, et ridicules avec nos beaux habits de messe de Noël.

Ah... ! La mauvaise farce — si c'est bien de cela qu'il s'agissait — avait été très efficace, ce coup-ci ! Nous échangeâmes trois mots, à contrecœur, pour ne pas nous engluer dans le silence, tout en réfléchissant à ce qui venait de se passer, ce que cela voulait dire, et de quelle sorte de fureur pouvait bien se nourrir cet homme-là.

« Et si c'était une femme, justement ? dit Guilleven en regardant Soizic avec un air mauvais.

— Guilleven, tais-toi, tu sens le vin ! » répondit-elle, furieuse.

Josette les fit taire en quelques mots bien sentis, et François nous ramena brutalement dans l'affaire en demandant :

« Qui élève des dindes, au village ? »

Ah ! N'était-ce pas une bonne question? Ne vous avais-je pas déjà dit — toute partialité mise à part — que notre François possédait un esprit particulièrement vif? Parce que si l'élevage des poules est très répandu par ici, la dinde, en revanche, est une volaille qui se fait beaucoup moins.

Mais Josette était plutôt pessimiste :

« Bon. Et après ? dit-elle. Vous allez voir : ça va faire comme pour la poule ; tout le monde aura son compte. Cette dinde, elle sera tombée du ciel — pardon, je ne dis pas ça pour vous, monsieur le Recteur. Parce que ce coup-ci, il n'y a pas d'autre explication : c'est pas le hasard ; on ne cloue pas une dinde sur la croix à la sortie de la messe de minuit par hasard. Et si vous avez une idée sur ce qui se passe dans la tête de cet oiseau-là, dites-le-moi, parce que là, c'est mystère et boule de gomme. Il est fou, ou alors je ne vois pas ! »

Pour bien marquer son opinion, elle finit son verre et le posa sur la table avec un cognement de bois.

Ah ! De la folie... n'en fallait-il pas, à première vue, pour clouer une dinde sur une croix ? Ne fallait-il pas être guidé par des forces bien étranges pour préparer une farce de si mauvais goût ? Mais... quoi ? Oh, trois fois rien ; quelques idées qui me venaient en repensant à cette nuit d'hiver, au vent sur la lande, au frémissement sourd des falaises sous le fouet des vagues, et à nos têtes éberluées devant la croix à la sortie de la messe. Je l'avais sur le bout de la langue l'explication ; mais impossible de trouver les mots. C'est exactement ce qu'avait dit François après l'histoire de la poule : « Ce n'est pas parce qu'on ne comprend pas que ça ne veut pas dire quelque chose. » Alors, de la folie... moi, je veux bien, mais de quelle folie s'agissait-il qui fasse preuve d'autant de ruse, qui mette autant d'intentions et de *messages* dans ses manifestations ?

François, justement, avait dû suivre un courant de pensées semblable au mien puisque, au moment de nous séparer, il a dit :

« En fin de compte, tout cela est gratuit. C'est pour une satisfaction de l'esprit. »

Alors Josette a soupiré en haussant les épaules :

« Va donc savoir de quoi un tel esprit peut se satisfaire ! Tant qu'il s'en prendra aux bêtes, tant que ça nous fera de l'effet, allez, on n'en mourra pas ! Mais après, quand son petit jeu ne marchera plus, qu'est-ce qu'il va trouver d'autre ? Gare à nos fesses... ! »

Le lendemain, le jour de Noël, tout le village était en grande émotion : on ne parlait plus que de ce qui s'était passé la veille au soir à la messe de minuit. Ceux qui n'étaient pas venus — ils étaient rares — se faisaient raconter et reraconter toute l'histoire en demandant des détails qu'on inventait volontiers par goût du spectacle et pour en tirer gloire. Voyez-vous, à ce moment-là, c'était encore assez amusant, assez distrayant. Bien sûr, il y avait un peu de peur, une toute petite peur très excitante, à tout prendre, comme si l'histoire n'était pas réelle, comme si on l'avait inventée par jeu.

Et le temps s'est radouci, le vent est repassé à l'ouest, et la pluie est revenue.

C'est rien de le dire ; vous ne pouvez pas imaginer !

Voyez notre village, avec ses petites rues et leurs maisons de grès rose ; faites-y courir un vent sale de crachin et de bruine ; étouffez-le de brouillard gris bien épais et bien lourd ; vous aurez un désert ; un désert grésillant de gouttes qui n'en finissent pas de marteler les toits ; un désert grondant du souffle plus lointain des vagues qui se fracassent sur les grèves. Par-dessus ce désert, dans le vide humide de nuages et de nature endormie, il y avait à peine un pauvre espoir pour les yeux de trois filets de fumée sortant des cheminées. C'était d'un calme désespérant.

Représentez-vous un peu l'ennui ! Les tempêtes d'automne, encore, ça vit, ça a de la violence, et ça donne toute une variété d'émotions. Mais cette foutue pluie de gris d'hiver nous fait dans la tête comme un travail de sape qui ronge lentement et sans pitié. Et cela ne se lasse jamais ; ça mollit, ça reprend, mais ça ne s'arrête pas. Les journées ralentissent, le temps s'étire dans le bourdonnement gris ; tout est mort, immobile ; c'est l'éternité !

Alors, la dinde sur la croix, on en parle encore un peu, comme une friandise que l'on suce lentement pour l'économiser, mais cela ne donne plus beaucoup d'agrément. Que voulez-vous ! Nous avons l'esprit morne.

Et puis, bien entendu, nous avons fait le tour

des basses-cours du village, bien entendu aucune dinde n'a disparu et, bien entendu, personne n'est venu expliquer quoi que ce soit. Et pourtant ce n'est pas faute de ne pas en avoir parlé. On a eu droit à toutes les suppositions possibles, à tous les soupçons (c'était ça le nouveau depuis l'histoire de la poule : maintenant on en profitait pour dire avec des mines de confidences qu'on avait peut-être bien entendu Untel égorger une volaille le soir de la messe. Il n'y a pas de petits moyens pour faire du tort à ses ennemis ; on fait feu de tout bois). Alors on a vérifié, et on s'est aperçus — comme si on n'avait pas pu s'en douter avant ! — que la dinde aux marrons pour le dîner de Noël est un plat qui se pratique encore pas mal dans la région... On a découvert une armée de tueurs de dindes, tout à fait innocents (rouges d'indignation, on allait même jusqu'à exhiber les restes du repas, les petits ossements, et la sauce figée, pour prouver sa bonne foi) ; et les mauvais parleurs ont dû fermer leur bouche ; et on a fini par se lasser de cette histoire.

C'est là que nous avons pris conscience de l'hiver sous lequel nous étions enfouis ; jusqu'au nez ; jusqu'aux yeux ; à y étouffer.

Parce que ces histoires de dinde et de poule, cela nous avait bien fait oublier les journées qui se traînent, le silence, et le désert. A ce moment-là, encore, on lui en était presque gré, à ce tueur de volailles (on aurait préféré se faire trancher la langue plutôt que de l'admettre, mais qu'on le reconnaisse ou pas, c'était comme ça).

A force d'entendre les gouttes comme des gravillons sur les vitres, on devient fou. Fou d'ennui ; fou de silence, de désert et de pluie.

Et là, c'est nouveau : on s'invite.

Oui, comme je vous le dis : on s'invite à boire un coup, à dîner, à souper !

Il faut que vous compreniez bien que cela n'était pas dans nos habitudes, avant. Les invitations, les soirées, les soupers en ville, cela ne se faisait pas. Nous ne sommes pas très *mondains*, voyez-vous. Nous ne le sommes pas devenus, ce n'est pas ce que je veux dire, mais voilà : on étouffait tellement dans l'hiver (et toutes ces histoires nous avaient un peu chahutés), qu'on se mit à se rendre visite ; d'abord comme ça, à l'improvisée, et puis ensuite dans les formes. On disait : « Venez donc à souper demain soir » ; et c'était fait, on y allait.

Justement, un de ces matins-là, Javenoux dit à François :

« Viens-t'en après-demain midi, je te ferai un gigot. »

Alors, va pour le gigot ; Josette le disait toujours : il n'y a rien de meilleur que le gigot de présalé au printemps. Là, nous étions en hiver, c'est entendu, mais ça ne devait, en principe, pas beaucoup en changer le goût. (Et précisément, nous verrons qu'il n'y a pas de « principe », justement, qu'il n'y a que des exceptions, et qu'il y a certains gigots qui ont tout de même du mal à passer.)

A vrai dire, ce repas aurait pu rester très anodin, sans histoire, mais — et c'est bien la preuve qu'il existe une *logique* des choses — tout son sel lui fut donné de la simple réunion de quelques *coïncidences*.

N'est-ce pas le Destin — (pardonnez-moi, devant ce mot, cette fois-ci, c'est moi qui ricane) disons plutôt pour être conciliant, le hasard — qui, la veille de ce repas chez Javenoux, conduisit François à passer devant l'épicerie de Rabardel ?

Il faut savoir que Rabardel va de temps en temps à Guildo pour chercher des fromages ou du lait de brebis.

Il faut savoir aussi que, la veille de ce fameux gigot, Marianne, la femme de Rabardel, devait justement aller chercher une commande chez Javenoux.

Mais voilà : ce jour-là, Marianne ne pouvait pas, n'avait pas le temps, enfin je ne sais plus (et ça n'a aucune importance parce qu'il y a des hasards, pas de ces hasards qu'on se jette pour se donner bonne mine, non, de vrais hasards qui restent tout à fait improbables, tout à fait opaques, qui ne s'éclaircissent pas à être justifiés).

Et à ce moment-là, François passe devant l'épicerie.

Marianne l'appelle ; il vient vers elle.

« Salut, François ! C'est pour te demander service : ça serait-il possible que tu ailles chercher le lait à Guildo ? Il faut que je tienne la boutique et Joseph ne rentre pas avant ce soir. »

Et c'est d'accord ; François y va.

Il prend le sentier des Grèves, traverse Porrie et arrive en haut de Guildo. C'est encore un de ces jours à couper au couteau, aussi noir que nuit, épais de gris mouillé.

François s'arrête un moment. Il regarde le large et l'espace de la mer. Il vient une grande marée de nuages qui roule du fond du bout du monde, et sort de derrière la ligne de vapeurs sombres qui fait la fin de l'eau et le début du ciel. Les vagues bougent sur Roche-Plate, de remuements lourds et fatigués, sans violence ni éclaboussements. C'est une mer pesante et froide qui claque sa force sur les rochers comme une bête qui s'ennuie.

En bas de l'à-pic clapote la baie de Guildo, étale de haute mer et striée de frises d'écume qui déchirent les vaguelettes sous le vent comme des coups de griffes. Contre la falaise s'adosse la ferme de Javenoux entourée de champs et des prés salés. C'est sauvage, c'est blême de mauvais temps, et c'est triste, d'une tristesse à faire peur. On l'a toujours dit, et là ça crève les yeux : tout ce coin de lande, et la brèche de Guildo, est un endroit plutôt mal famé — dans le sens qu'on n'en dit pas de bien — et où rôdent encore des souvenirs très inquiétants ; un siècle plus tôt vous y auriez trouvé des loups !

François se secoue de toutes ces pensées et prend le raidillon qui descend contre la falaise et qui arrive au fond de la baie presque devant la ferme.

Il pousse la barrière en bois, et il appelle :

« Oh ! Javenoux ? »

Personne.

La cour de ferme est vide ; on entend des bêlements qui viennent des prés salés, un murmure de mer assourdi par le lointain du large et le plat de la baie qui épuise les vagues, et le bruissement grave du vent qui s'engouffre dans la brèche de Guildo.

Il entre dans la maison :

« Ohé ! Javenoux ? »

Rien.

Il va voir derrière la ferme, sur les champs bas qui l'entourent.

Toujours personne.

Il va dans les hangars, dans les granges.

Pas de Javenoux.

Il se dirige alors vers l'étable qui est un peu à l'écart, au bord des prés salés. Et là, près de la porte, on entend un peu de bruit.

Il entrouvre un des battants, et il voit... ma foi, ce n'est pas facile à raconter.

Bon.

Il voit Javenoux debout derrière une brebis, les pieds dans la paille et le pantalon baissé !

Javenoux est tout absorbé par ce qu'il fait ; il agrippe la laine du dos de la bête, il se remue comme un diable, et de temps en temps il a des grognements sourds :

« Allez ! Allez, La Laurie ! Ah ! »

Vous imaginez un peu ?

François est resté interloqué un moment, et plutôt fasciné, je crois bien, devant une telle scène de bestialité.

Puis il a repris ses esprits, et très doucement, il a refermé l'entrebâillement de porte.

Et cela a fait un horrible grincement de bois qui a résonné dans toute l'étable !

Là, il a moins rigolé, parce que, voyez-vous, Javenoux n'est pas le genre d'homme à accepter facilement de se faire surprendre dans ce genre de position. Et nous avons beau être à la campagne, ces pratiques ne sont pas monnaie courante.

Alors François a pris ses jambes à son cou, et il a détalé aussi vite qu'il a pu ! Quand il s'est retourné, il était déjà en haut de la falaise, le souffle brisé et tremblant de tous ses membres.

Mais en bas, rien n'avait changé ; c'était toujours désert et triste dans les vapeurs de bruine. Rien ne bougeait ; les moutons broutaient au pré ; c'est tout ce qu'il y avait de vivant.

Mon François ne savait plus sur quel pied danser : Javenoux avait-il entendu, oui ou non ? Après tout, ce genre de choses demande beaucoup d'application, si l'on peut dire, et cela détourne l'attention. Ah ! C'est qu'on se sent toujours coupable quand on découvre — qu'on l'ait voulu ou non — ce genre de cadavre dans le placard d'autrui ; n'importe quel genre de cadavre, du reste ; y compris de ceux qui ne font pas saliver bêtement avec un petit rire de discrétion, mais qui rendent triste et qui font pitié ; vous voulez que je vous dise ? On n'a jamais vraiment envie de connaître TOUT d'autrui ; on trie, on sépare « le grain de l'ivraie » — tu parles ! — pour se fabriquer un petit monde de paradis à la mesure de notre inévitable perfection ! Moi le premier, c'est d'accord, j'en ai fait mon métier. Ah ! Taisez-vous ; c'est d'une misère !

Et mon François, justement, se serait bien passé de cette découverte. Il est resté un moment pour guetter un signe de vie en bas de Guildo, puis il s'en est allé vers Lanemœur l'esprit en bataille et très indécis.

Le problème était qu'il y avait cette invitation à déjeuner ; il y avait ce gigot chez Javenoux le lendemain !

Ah, François ne l'oubliait pas ! Je crois bien qu'il ne pensait à rien d'autre, et que sur le chemin du retour il a bien dû se demander mille fois comment faire pour se défiler. Mais comment voulez-vous ? Si Javenoux se doutait de quelque chose, mieux valait y aller et faire l'idiot.

Alors, ma foi, il y est allé ; en traînant les pieds.

Jamais il n'avait marché aussi lentement ; il a bien tout regardé ; il a bien pris son temps ; il a bien observé tous les détails de la lande et de la mer. Le temps était moins mauvais que la veille ; c'était un de ces jours secs et doux, assez légers et lumineux de gris clair. Le regard portait loin sur toute la mer, sur les pointes et les récifs, et sur l'horizon des vagues.

Mais, voilà : même en marchant lentement, on finit malgré tout par arriver, et François, la mort au cœur, s'est retrouvé une fois de plus sur les hauteurs de Porrie juste au-dessus de Guildo.

Et puis il est descendu et a poussé la barrière en bois.

Au milieu de la cour de ferme, il a crié :

« Ohé ! Javenoux ? »

Personne ; le même petit jeu que la veille (mais là, il n'osait pas bouger, ni aller fureter dans les granges. Il restait planté comme un tronc, tremblant d'attente).

C'est de l'étable, encore, que Javenoux est sorti.

Il est venu vers François sans un geste, avec un air qui ne disait rien. Et là, à un pas, il lui a fait un grand sourire, très naturel, très rassurant, et il lui a tendu la main.

« Salut, François ! Comment va ? T'en as mis du temps : je t'attendais plus tôt. »

Pour un début, ce n'était pas trop effrayant, mais avec Javenoux, on ne pouvait jamais vraiment savoir. Pas question d'arrêter de faire l'âne, se disait François. Javenoux, ne faisait-il pas l'âne lui aussi ? Pouvait-on faire confiance à ce visage aimable et à ces mines de camarade ? Non, on ne pouvait pas ; le loup a toujours un grand sourire avant de dévorer sa proie.

Alors, François faisait l'âne qui sourit, mais l'âne bavard aussi, parce qu'à force de vouloir mettre l'autre en confiance, et par peur des silences menaçants de Javenoux, il parlait comme une fontaine sans s'arrêter avec un air un peu idiot, dans une course en avant comme pour ne pas perdre l'équilibre.

Et puis, devant le calme paisible de Javenoux — calme tout à fait suspect, du reste ; mine à ne rien montrer et à faire semblant de ne pas voir les efforts de François —, enfin, devant cette apparence paisible, François s'est calmé, il a parlé un peu moins vite, un peu moins longtemps à chaque fois, et la conversation a fini par prendre un tour très habituel et anodin.

Ils ont fait le tour de la cour de ferme ; ils ont regardé la mer ; et quand tout fut dit, de ce qu'on peut dire sans trop se compromettre, quand ils en eurent fini avec le temps, les bêtes, et les discours à se tourner autour en se reniflant, Javenoux proposa d'aller goûter le gigot.

C'était un très beau gigot. Il y en avait pour sept, ou même dix, facilement, et des gros mangeurs. Oui, en taille, c'était vraiment un très beau gigot, et tout doré de sauce qui ruisselait en embaumant.

François était complètement rassuré — à tort, bien entendu. Beaucoup plus tard, il m'a dit : « On croit ce qu'on veut voir. Javenoux, il n'est pas comme nous tous. Il n'a pas de haine ; ni d'amour. Le mal ne veut rien dire pour lui. Il a sa loi ; et c'est tout. C'est encore pire que ce que vous croyez, monsieur le Recteur. On a été incapables de voir autre chose que nos histoires, nos vengeances, nos affaires très humaines finalement. J'ai compris ça ce jour-là : pour lui tout est *gratuit*. Les gens ne sont pas des gens ; ce sont des moyens, des *prétextes*. »

Et puis ils se sont assis.

C'était une viande forte et juteuse avec un goût long et saisissant.

« Je ne savais pas que tu cuisinais !

— C'est pas que je cuisine, a répondu Javenoux, mais la viande ça me connaît. Surtout le mouton, depuis le temps que j'en élève.

— C'est fort ; c'est pas de l'agneau ?

— Non, c'est du mouton. Il y en a qui préfèrent l'agneau parce que c'est plus fin. Moi j'aime mieux les arômes qui vont droit au palais ; c'est franc. »

Il y a eu un silence parce que les deux mangeaient. Et Javenoux s'est arrêté comme pris d'une idée, et il a regardé François. Ensuite il a dit :

« Pour dire le vrai, ce n'est ni du mouton, ni de l'agneau. »

Et comme il ne continuait pas, François a demandé :

« Alors ? C'est quoi ?

— De la brebis.

— De la brebis ! »

Vous imaginez un peu ? Les brebis, on les garde pour la reproduction ; ça ne se mange pas ! Alors Javenoux a continué :

« Des brebis, j'en ai trop ; et celle-là était bien grasse... Et il a fait un grand sourire en disant : Je l'appelais " La Laurie ". »

François n'arrivait plus à avaler, tout d'un coup. C'est qu'il se rappelait ce qu'il avait vu dans l'étable, la veille ; et il se souvenait de ce que disait Javenoux accroché derrière la bête : « Allez, La Laurie, allez ! »

Ne vous avais-je pas dit qu'il y a certains gigots qui ont du mal à passer ?

Pourtant, il a bien fallu le faire passer ; et même repasser, parce que Javenoux lui en a resservi une tranche, bien grande, bien ronde, et bien épaisse, avec une amabilité tout à fait menaçante qui disait clairement qu'il n'était pas question de refuser.

Quelques années plus tard, François lui aurait marché sur le poil ; mais là, non ; il avait encore assez de jeunesse pour se sentir coupable.

Il y a aussi qu'on a toujours une trop belle estime de soi pour imaginer qu'on puisse vous prendre comme *prétexte.*

On ne se rend pas compte jusqu'où va se loger le besoin de *distraction* chez certains.

Enfin, quand Javenoux eut bien goûté sa *distraction,* François put partir — ce qu'il fit, et prestement ; pour ainsi dire : ventre à terre !

Ensuite, on eut trop à faire avec la vraie peur pour s'occuper de soupers fins ou de scènes champêtres dans les étables.

Les trois jours suivants furent ignobles et dégouttant d'eau.

La pinède se recroquevillait d'ennui ; les arbres ne chantaient plus mais lançaient à longueur de jour un soupir chuchoté grave et plutôt sale à l'oreille comme englué ou assourdi par l'épaisseur de brume.

Sur la grève, les vagues frappaient la terre d'énervement mou, détrempant le mouillé du sol, arrosées de nuages lourds, liquides dans le brouillard humide, eau du ciel contre eau de terre.

Et le quatrième jour, on a vu Guilleven qui traînait son chien égorgé de frais dans la Grand-Rue en beuglant des ordures.

Au moins n'était-ce plus de la volaille ; cela nous changeait un peu.

Il criait : « Je vais le tuer, ce salaud !... » et d'autres choses beaucoup plus grossières qui nous donnaient un très bel échantillon de ce que l'alcool peut faire dire à un homme.

Mais voilà : là ça ne marchait pas ; il n'avait pas bu.

Ce jour-là, Guilleven était parti en promenade avec son chien — un bâtard de berger et de loup. Pour une fois, il aurait mieux fait de rester au bistrot. Et c'est là justement, chez Josette, qu'il nous a raconté toute l'histoire :

« Donc, par ce temps, je me suis pris d'aller voir du côté de Porrie et des Grèves pour des escargots ou je ne sais quoi, enfin pour prendre l'air, parce que moi, enfermé, et avec ce temps maudit, j'étouffe. A la maison, c'est pas plus respirable, je ne vous apprends rien. Alors je siffle le chien, et marche ! Me voilà à Porrie. Enfin, à la limite : en bas du vallon des Grèves, en bas de la lande, j'allais vers le sable. Je continue par-dessous les dunes bien après le croisement des Grèves, peut-être un kilomètre après, là où la dune est haute, avant les falaises. Je monte pour rejoindre Porrie. Et le chien, lui, il allait à droite et à gauche, je ne faisais pas attention, vous savez comme c'est. Je me retrouve donc au beau milieu de Porrie, près de la Houle de la Fosse, et là, je siffle. Ce chien, il est bien dressé ; je peux vous le dire : c'est moi qui l'ai dressé ; d'habitude je l'appelle, il vient. Là non. Alors, j'ai sifflé tant que je pouvais, et quand j'ai eu assez sifflé, j'ai cherché. Avec la hauteur de bruyère et les buissons, c'est pas facile de voir ce qui est bas ; mais le mien, c'était quand même pas un chien de salon, il avait du volume, pas vrai ? Et pourtant, rien : autour c'était désert. Et pas moyen de me souvenir où je l'avais vu pour la dernière fois. N'importe comment, vous connaissez la lande : ça se ressemble de partout, alors il aurait pu être là, ou là-bas, que c'était pareil. Donc, j'ai battu les buissons, j'ai tourné et retourné sur tout le chemin depuis le sable, et je n'ai rien trouvé. Alors je suis allé voir plus avant, au cas où il aurait devancé pour aller renifler à savoir quoi. Et je suis arrivé au sentier de la Fosse. Il était là, la tête pendante sur le chemin et le corps à demi sous les ajoncs. C'était vraiment un travail de salaud : égorgé comme un porc ; la gorge tranchée si net qu'on lui voyait l'intérieur. Ça saignait encore ; il y en avait partout. Vous pouvez aller voir : ça fait une mare. Celui qui lui a fait ça, il devait être costaud parce que, je vous l'ai dit, c'était pas un chien de salon. Alors moi, vous pensez, j'ai regardé autour — et un homme c'est pas comme un chien : sur la lande, ça se voit ; désert de désert ; rien ; si désert même que je commençais à vouloir filer. Vous me connaissez, y me manque rien, mais là, je me suis dit que le gars qui était capable d'une saloperie pareille, et avec le couteau qu'il devait avoir, il n'était pas à une gorge près. Alors j'ai pris le chien — j'avais pas le cœur à le laisser là-bas — et je me suis rentré. »

Voilà quel fut le récit de Guilleven. Récit qu'il nous rapporta d'une traite, encore sous le coup de l'émotion, et qu'il émailla de jurons et d'accusations très graves à l'encontre de Javenoux. Depuis la mort de Laurence il le haïssait, nous le savions tous, mais là, ses injures prenaient un tour si violent que nous en étions gênés pour lui. Il dit... des horreurs évidemment ; que Javenoux avait tué son chien ; que les meurtres de la poule et de la dinde étaient son œuvre ; et pour faire bonne mesure, que c'était lui aussi qui avait tué Laurence et l'enfant !

Nous mîmes ces exagérations sur le compte de l'alcool — qui avait décidément le dos large — et, comme pour les fois précédentes, l'histoire se répéta dans tout le village.

On ne parla plus que de ça. D'autant plus qu'entre-temps, Guilleven se consolait à la goutte et au calva (et en fait, à tout ce qu'on voulait bien lui offrir par charité d'âme devant une si grande peine, je suppose, et pour lui faire raconter une fois de plus son histoire ; ce qu'il faisait volontiers, et en y rajoutant des détails inspirés par les verres), si bien qu'en soirée, son récit était devenu tellement effrayant qu'on parlait de plusieurs tueurs qui pourchassaient hommes et bêtes sur la lande, et menaçaient d'envahir le village à tout moment.

Après une nuit assez frileuse et plutôt louche, les esprits se sont calmés.

Mais, le lendemain, on décida d'aller « aux gendarmes », parce que si pour la poule et la dinde personne ne s'était plaint de vol — et ces histoires faisaient encore figure d'une mauvaise farce —, là, il en allait tout autrement : c'était bel et bien une agression, et on ne prenait plus du tout cela en riant.

Les gendarmes écoutèrent poliment en lissant leurs moustaches et firent leur métier de gendarme : ils prirent note. On remplit des formulaires imprimés, et on sortit de là un peu découragés.

Le reste de la journée se passa sans incident jusqu'au moment où Javenoux montra son nez au village. Il fallut retenir Guilleven qui voulait le mettre en pièces. Et puis on but et on s'expliqua. Javenoux lui dit : « C'est facile d'accuser ! Tout le monde sait que tu ne fais que médire depuis que Laurence a passé ! D'abord, qu'est-ce que tu lui voulais à Laurence ? C'est avec moi qu'elle était mariée, non ? Moi je pourrais t'accuser de ça aussi. On sait bien que tu n'es qu'un ivrogne ; qui nous dit que tu n'as pas tué ton chien toi-même pour me faire du tort ? La lande est grande, je n'y suis pas seul. Tu en as, toi, des témoins ? Moi non plus. Alors fais attention à ce que tu dis ; ça peut te coûter d'accuser sans preuves ! »

Savez-vous quoi ? Cela commençait à nous chauffer le sang : voilà maintenant qu'on avait droit à une discussion sans queue ni tête de « je t'accuse » et « prouve-le », et de bêtises à pleurer entre qui, de surcroît, je vous le demande ! Entre les deux plus fieffés abrutis qu'on pouvait trouver au village. Car enfin, on a beau raconter Javenoux ci, ou Guilleven ça... il faut voir les paroissiens ! Au début, d'accord ! Va pour l'animation ! Mais maintenant cela suffisait, vous ne trouvez pas ? Nous avions eu cette poule, et plus grotesque encore : cette dinde crucifiée ; s'il s'agissait d'une plaisanterie, soit, rions — jaune — puisque c'est là tout le *message,* puisque la pluie tombe et que l'on s'ennuie à cent sous de l'heure ; mais maintenant assez ! Qu'on fasse taire ces idiots, et qu'on réfléchisse un peu ! Allait-on laisser égorger nos chiens, nos bêtes — et quoi ensuite ? — sous nos yeux sans rien faire d'autre qu'écouter des disputes sur de vieilles histoires plutôt nauséabondes !

Ce fut à peu près ce que chacun pensa ; ce fut le début d'un nouvel état d'esprit, qui ne trouvait plus rien d'amusant ni dans ces meurtres d'animaux ni dans ces disputes entre poivrots. Peu importait qui avait tort ou raison ; et personne n'avait jamais pris Guilleven pour quelqu'un de très *convenable*.

Alors tout est retombé peu à peu ; on a renvoyé l'ivrogne à sa bouteille, et on est retourné chez soi en rasant les murs.

Un jour, deux jours se passent.

Pour être exact : deux nuits.

Aucune différence, du reste : jours de poix, plafond noir et bas à vous écraser la tête.

Au village, la mort rôde ; l'idée de mort ; cette nouvelle inquiétude qui a vidé les rues, et jusqu'au bistrot de Josette, en nous mettant le fiel et le doute à la gorge. On ne sort plus ; on se tient à carreau.

Le troisième jour se passe lui aussi sans nouveauté que le déluge — mais c'était d'un banal.

Et la troisième nuit le sort frappe chez les Amiot.

Ce sont ceux qui ont la ferme au bout du village, vers Béterel ; si vous voulez : entre la direction de Fréhel et celle des Grèves. On ne peut même pas dire que c'est isolé ; le gros des maisons est à cent mètres à peine.

Il y avait là Amiot et sa femme (c'est le fils de l'Amiot de Fréhel, qui tient la boulangerie. C'est un nom très courant ici, et qui va jusqu'à Saint-Brieuc, et au-delà).

Cette nuit-là, il entend un raffut très inhabituel du côté de l'étable. Il dit à sa femme qui dort à moitié : « Je vais voir ce qu'il y a avec les vaches. » Et il y va.

Ce n'est que beaucoup plus tard que sa femme, réveillée pour de bon, s'aperçoit qu'il n'est pas rentré. Elle se lève, elle passe une veste, et sans savoir, elle prend le fusil au clou sur le mur (il n'était pas chargé, mais cela montre bien l'état d'esprit qu'il y avait déjà à ce moment-là).

Elle sort avec le fusil sous le bras, et elle va voir à l'étable.

Ce qu'elle voit d'abord, c'est la vache, couchée sur le flanc et couverte de sang.

Ensuite, à demi cachés par la porte en bois, elle aperçoit deux jambes et un ventre, par terre dans la paille.

Elle crie.

Puis elle se précipite derrière le battant, et voit son mari étendu de tout son long.

Il n'est pas mort, juste assommé, mais il a une grande balafre de sang sur la joue droite qui commence au menton et se perd dans la tempe.

C'est le lendemain, à la lumière du jour, qu'on a su ce qui s'était passé (jour à peine plus rassurant que la nuit : nuages lourds, pluie, couleur de plomb).

Ce qu'Amiot a vu tout de suite, dans le rond de sa lanterne, c'était la porte de l'étable : elle était entrouverte. Il n'a pas pensé à ne pas faire de bruit, ni à la lumière du reste ; il ne pensait pas à mal. Il est entré dans l'étable, et il a vu la vache ; c'est là, trop tard, qu'il a compris. Il a juste deviné une forme sur le côté, il a vu les étoiles, et puis plus rien.

La balafre de sang sur la figure ? Non, il ne s'en souvenait pas. On avait dû la lui faire alors qu'il était évanoui, *pour le plaisir*, comme une signature ; vous imaginez un peu ?

La vache, elle, avait été massacrée — il n'y a pas d'autre mot. On l'avait d'abord égorgée et saignée au cou comme un goret (c'est dire si notre homme avait du muscle et de la suite dans les idées, parce qu'une vache, même attachée, c'est quand même beaucoup plus gros et beaucoup moins inoffensif qu'une poule). Ensuite on l'avait mise en pièces, on l'avait tailladée de coups de lame sur tout le flanc ; une vraie misère. (J'ai dit « ensuite », parce qu'on a du mal à imaginer qu'il ait pu lui faire toutes ces blessures alors qu'elle était encore vivante ; et à dire vrai, on préfère penser qu'il les lui a faites après ; mais devant tout ce sang, tout ce *plaisir* du sang, devant un tel monstre, toutes les questions ne se posent-elles pas ?)

Cela fit une agitation et une confusion de basse-cour ; pas moyen de décider quelque chose. Tout le monde parlait en même temps et chacun voulait rentrer se barricader chez soi (ce qu'on a fini par faire, et sans se concerter). Certains parlaient des gendarmes ; mais les gendarmes, ils sont à Fréhel, et Fréhel c'est loin quand il fait sombre, qu'il bruine et que, sur les chemins déserts, on s'attend à chaque instant à recevoir la fin du monde sur le coin de la figure. Et puis, les gendarmes, soyons sérieux, qu'est-ce qu'ils y pouvaient ? Je vais vous le dire : rien ! D'ailleurs, quand le dénouement est venu, sans qu'ils aient levé le petit doigt, ils ont continué à faire admirablement leur métier de gendarme : ils ont pris note. Et je ne dis pas cela pour le plaisir de médire : il a bien fallu y aller « aux gendarmes », au bout du compte, ne serait-ce que pour signaler et pour qu'Amiot dépose une plainte. Ils prirent cette fois-ci, c'est vrai, l'affaire un peu plus au sérieux : ils se déplacèrent de Fréhel jusqu'ici pour constater, et pour prendre une goutte chez Josette en écoutant les ragots. Puis ils repartirent, très fiers, en assurant « qu'ils s'en occupaient », avec l'air de penser que notre tueur de bestiaux n'avait plus qu'à bien se tenir et que, du moment « qu'ils s'en occupaient », aucun bandit ne serait assez fou pour recommencer. Quant à rester à Lanemœur, il n'en était pas question : ils n'étaient que deux à Fréhel, pas assez d'hommes, il faudrait demander du renfort à Saint-Brieuc, mais cela pouvait prendre du temps.

Du temps ! Le temps de se faire tous découper un par un ?

Alors on s'est organisés tout seuls.

C'est là que François est devenu le chef ; sans

qu'il n'y eût rien à dire : il parla le premier — et fort bien —, et comme on attendait tous que quelqu'un nous dise quoi faire, on l'a écouté et on a fait comme il voulait.

On réunit une bonne vingtaine d'hommes et des tours de garde furent établis. Par groupe de deux, ils tourneraient la nuit dans le village. Dans chaque maison, ceux qui avaient un fusil — c'était le cas pour presque tous — étaient priés de le dépendre du mur et de tirer un coup en l'air s'ils voyaient quelque chose d'anormal. Pour le moment cela devait suffire à compliquer pas mal la besogne de notre égorgeur de bêtes.

Nous sommes rentrés chez nous, sous la pluie, dans un jour blême comme la mort.

Ensuite ce fut l'attente.

François était resté chez Josette pour être au village s'il arrivait on ne sait quoi ; les Grèves-d'en-Haut étaient trop à l'écart.

« Pousse donc un peu le feu, j'ai froid, dit Josette.

— Il reste juste assez de bois pour la nuit ; j'irai t'en rentrer au matin », dit François.

Il posa une grosse nouure de chêne sur le lit de braises et prit le soufflet pour les attiser.

Josette faisait du crochet dans le grand fauteuil marron.

« Tu crois qu'il va recommencer ? dit-elle.

— Faudrait pouvoir : avec ceux qui vont tourner toute la nuit, et les autres qui de toute façon ne vont pas fermer l'œil, ça va lui compliquer les choses. »

Le feu était reparti de petites flammes courtes et nerveuses qui avaient débuté à l'écorce et attaquaient maintenant la chair vive du bois en sifflant de craquements secs. On entendait aussi le balancier de l'horloge au fond de la pièce.

« Veux-tu quelque chose ? demande Josette.

— Café. On en a pour un moment. »

Elle pose son ouvrage et se lève pour faire le café.

On entend comme un bruissement puis un ou deux coups légers dans le jardin.

Josette arrête son mouvement, la main pleine de grains suspendue au-dessus de la cafetière, et elle regarde par la fenêtre, et elle écoute.

François a tourné la tête vers le dehors.

On ne respire plus.

Et on s'agace pour le bruit du feu et de l'horloge qui gêne le silence.

En temps normal on n'aurait pas prêté attention : on aurait su sans même y penser que c'était les branches du prunier sous le vent qui grattaient contre le bois du hangar. Mais là, on guette.

Et puis plus rien ne vient du dehors. Alors, finalement, on pense au prunier, et on respire.

C'est partout pareil dans le village : une explosion de grattements, de chuintements, de tapotements, de petits bruits très habituels, qui font dresser les oreilles et les cheveux. On n'ose plus bouger pour mieux entendre. On écoute en tremblant l'herbe pousser.

Josette sert le café.

« Tu n'en prends pas ? demanda François.

— Non, moi ça me fait dormir. Tout à l'heure je me verserai un petit fond de marc, juste ce qu'il faut pour fouetter le sang ; avec un peu de thé pardessus, tu danses jusqu'à l'aube.

— S'il s'agissait de danser ! Il y en a un qui n'a pas besoin de ça : c'est le seul qui doit dormir sur ses deux oreilles.

— A défaut d'autre chose, je te les lui couperais bien, moi, les oreilles ! On a l'air malin nous, avec nos rondes de nuit et nos fusils. Va-t'en savoir si ce n'est pas ce qu'il cherche d'ailleurs.

— C'est presque ça. Je te l'ai dit : ça me rappelle quelque chose. Il y a des moments où je suis au bord de comprendre.

— Ah ! Comprendre ! Allez, tiens, bois ton café. »

Et l'on se remet à écouter tous les bruits du monde ; le bruit de ce petit vent qu'on n'entend pas mais qui fait bouger les choses ; cette réclame pour la foire de Matignon qui s'est décollée et qui frotte contre le carreau ; et les ardoises qui tremblent ; la charpente qui travaille ; et le tenon qui geint dans la mortaise.

Le fusil est là, sur la table, à portée de main. On le regarde et, un instant, on est rassuré.

Et il y a un nouveau bruit qui vient, alors on ne bouge plus, on écoute, et on ne respire plus.

C'est qu'on ne sait pas : c'est peut-être la branche ou je ne sais quoi, mais c'est peut-être autre chose. On attend que cela revienne pour savoir. Mais cela ne revient pas.

Il y a encore pas mal d'heures jusqu'à l'aube ; et de ces heures qui comptent triple. Ici ou là, on essaye de dormir — que d'un œil, et d'une oreille —, ailleurs on veille.

« Josette, va donc te coucher : je suis là.

— Comment veux-tu ? J'irai tout à l'heure. »

Le feu est en braises ; François remet une bûche.

« Et aux Grèves ? demande Josette.

— Oui ?

— Tu les as laissés seuls ?

— Il y a le père. J'en ai envoyé deux qui tournent du village aux Grèves ; c'est pour les cinq fermes d'ici à Porrie.

— Et chez la veuve Texier ?

— Jean y est allé. »

Soudain, on entend deux coups frappés à la porte.

Josette a sursauté et François a pris le fusil.

« Oh là ! On ne dort pas ? Ne faites pas ces têtes ! » dit l'homme en passant la figure dans l'entrebâillement.

C'était Rabardel, avec Guineuheuc qui suivait (oui, ce Guineuheuc-là, dont le père est notaire à Fréhel).

« C'est pas des façons de flanquer des frousses

pareilles ! dit Josette. Un peu plus et François vous tirait dessus !

— Allez donc ! Calmez vos nerfs : on veille ! D'ailleurs tout le monde veille ; on a fait le tour : pas un qui dort !

— C'est calme ? demande François.

— Tiens ! Comme la mort !

— C'est malin...

— Qu'est-ce que je vous sers ? » dit Josette avec son coup de menton en avant.

Ces deux-là n'en étaient pas à leur premier verre de la nuit ; cela se voyait en un clin d'œil. C'est que des « petits coups » du guerrier, ils s'en faisaient servir dans chaque maison où ils venaient aux nouvelles en paradant un peu ; c'est fou ce qu'un fusil dans les mains peut vous changer un homme.

« Merci, Josette ! dit Rabardel quand ils eurent fini. Dormez sur vos deux oreilles : on vous garde !

— Kenavo tous deux. »

La porte refermée, Josette rangea la bouteille dans le placard en secouant la tête.

« Pourvu que ces andouilles ne tuent personne », dit François.

Dehors, la pluie avait cessé. Il faisait un noir très épais chargé de peurs et de rumeurs de mer.

Et puis on a recommencé à écouter le feu, l'horloge et le vent.

Au petit matin (encore sombre, silence et nuit), Josette s'est endormie sur son ouvrage de crochet, la tête ballant de côté, les mains fermées sur les aiguilles de dentelle réunies au creux de ses jupes.

François n'entendait plus à force d'écouter, les yeux ouverts et les jambes étendues croisées devant la braise, immobile de harassement, comme un gisant.

Et le jour est venu.

Un jour bougrement borgne et triste de pâleur grise qui nous a fait sortir des maisons avec des têtes à faire peur.

On s'est regardés les uns les autres un peu ébahis, avec nos visages de fatigue aux yeux rougis, et pâteux comme de la cire.

Et nous nous retrouvâmes chez Josette (où l'on avait installé — d'un commun accord à proximité des boissons — notre « quartier général »). La nuit s'était passée sans incident, personne n'avait rien vu de suspect ; le tueur d'animaux avait sûrement été fort impressionné par nos rondes et notre mobilisation. On se félicita, on se congratula, on but un coup, et on partit se coucher parce qu'on était verts de fatigue.

Nous convînmes de nous retrouver au même endroit en soirée afin de prendre les dispositions pour la nuit suivante.

La journée s'étala comme une flaque morne.

C'était d'un calme jamais vu : le village entier se remettait de cette nuit de veille et dormait à poings fermés. On se réveillait cinq minutes, juste le temps d'aller donner aux bêtes, et on se recouchait aussitôt avec l'idée qu'il fallait rassembler ses forces en vue d'une seconde nuit de veille.

Les rues étaient désertes, les cheminées fumaient à peine. Il pleuvait encore, mais personne n'était dehors pour s'en apercevoir. Le bruissement des vagues et du vent passait dans les rues mortes comme un fantôme.

Marianne n'ouvrit l'épicerie qu'à cinq heures.

Et à six, on se retrouva tous chez Josette.

« Tout le monde est là ?

— Oui !

— Non !

— C'est qui ?

— Guineuheuc. Il doit dormir encore. Je vais le chercher ; c'est à côté. »

En attendant, on but (du café ce coup-ci ; il y avait du travail devant, et malgré tout, nous connaissons très bien le moment pour chaque chose). On eut le temps de dire trois mots, de donner un ou deux avis sur l'*époque*, et François fut coupé au milieu d'une phrase parce qu'on venait d'entendre un coup de fusil tiré du dehors, certainement tout proche, à deux pas de là.

Ce fut la ruée hors du bistrot.

Et l'on vit Rabardel, qui était allé chercher le retardataire, venir en courant à notre rencontre, le fusil à la main.

« C'est chez Guineuheuc ! J'en viens. Il est assommé. C'est moi qui ai tiré pour avertir. »

Nous retrouvâmes le Guineuheuc assis par terre qui se remettait tout juste de son aventure en se frottant la bosse énorme qu'il avait sur le haut du crâne.

On le leva, on le soutint jusqu'à l'intérieur, et on l'allongea en lui faisant boire un petit fond d'alcool de prune pour le réchauffer et pour le faire revenir à nous.

« Ah ça ! Moi, j'ai rien vu : rien d'anormal, pas un bruit, rien de rien, dit-il. J'ai voulu sortir pour donner aux bêtes avant de vous rejoindre chez Josette. Je n'ai pas eu le temps de faire deux pas, tiens ! Il devait être embusqué juste contre la porte de derrière qui donne sur la cour. »

Nous courûmes au poulailler — puisque notre homme était grand amateur de volaille. Tout était normal.

Nous courûmes à l'étable. Pareil. Les vaches étaient calmes... et vivantes.

Au bout de la cour (séparée par vingt mètres à peine d'herbes folles et d'ajoncs rabougris, du sentier de Porrie) se trouvait la grange où il entreposait le fourrage, et où il gardait un vieux cheval bien épais et bien trapu qui l'aidait dans les labours et qu'il prêtait aux champs à l'un ou à l'autre.

Je pense que vous savez ce que représente un cheval pour nous ? Oui, vous savez ?

Le cheval : mort.

Bien entendu.

Nous nous approchâmes, et nous vîmes un spectacle encore pire de malpropreté que tout ce que nous avions vu jusqu'à présent. Après avoir égorgé l'animal, on lui avait ouvert les flancs pour voir les tripes se répandre dans la paille. Le sang avait giclé sur les murs ; c'était sale et très méprisable.

Mais c'est en regardant mieux — passé le choc du sang et de la boucherie — que nous nous aperçûmes de la mise en scène grotesque et pleine de haine qu'il nous avait préparée : le cheval avait la queue coupée, et on la lui avait fourrée entre les dents.

C'était ignoble, tout simplement. Et nous restions écarquillés d'horreur avec un écœurement nerveux qui nous restait coincé au fond de la gorge.

A quoi servaient donc nos rondes ? Pour garder, on avait bien gardé ! Nous avions passé la nuit à écouter le moindre craquement ! Et pour quoi donc ? Pour quel résultat ?

Alors on retourna chez Josette.

On refit des groupes qui tourneraient de nuit comme de jour, cette fois.

« Et que ceux qui ne sont pas de garde dorment ! dit François. C'est inutile de rester éveillés tous à la fois. On ne va pas s'y faire prendre encore ! »

Il y avait plus de monde que la veille : presque quarante hommes à qui l'on répéta les consignes et qui sortirent patrouiller dans la nuit pendant que les autres dormiraient avant de prendre leur tour de ronde.

Nous avions tous à l'esprit l'image de ce cheval éventré avec la queue entre les dents.

C'était quoi ? Pas pour la beauté du sang, on s'y serait pris autrement. Et on se souvenait de la dinde aussi ; la dinde clouée sur la croix. Cela relevait du même état d'esprit ; c'était macabre et grotesque à la fois. Macabre pour la démonstration, et grotesque pour nous punir par avance de ce qu'on ne comprendrait pas. Ou bien n'importe quoi d'autre : on ne savait plus quoi imaginer pour expliquer. Les anarchistes ? Ici, à Lanemœur ? C'est un mot ? Vous plaisantez ? Alors un fou ; oui, on le répétait souvent, et cela présentait l'avantage de ne pas nécessiter d'autres explications. Mais, voyez-vous, des fous (je veux dire : des fous aussi *évidents*), on n'en connaissait pas dans le village. Il aurait fallu alors un fou très *normal*, et qui aurait très bien su cacher sa folie, et jouer avec, et l'utiliser quand il le voulait. Enfin, rien à voir avec l'idée qu'on se faisait, nous, de la folie. Alors quoi ? Le diable ? Les Fées de Houle ? Bon, on l'a dit une fois ou deux, histoire de bien montrer qu'on n'y comprenait rien, mais ça n'a pas fait recette. Non, il n'y avait pas d'explication ; pas d'explication *humaine*. Allez, marche ! Nous partions dans la nuit, le fusil à l'épaule, avec les yeux pleins d'images de cheval mort et de dinde crucifiée.

Comme la nuit précédente, François resta chez Josette.

« Veux-tu du café ?

— Non, je vais dormir avant la garde du matin, dit François.

— Autre chose ? Un marc ? Une blanche ?

— Non, non. Rien.

— Alors ?

— Alors il nous a bien eus. »

Le vent était plus fort que la veille, et il remuait dans les ardoises en longs tremblements. Cela grognait dans l'âtre en aspirant les flammes.

« A ce rythme, dit Josette, il n'y aura pas assez de bois pour tenir la nuit.

— J'ai vu du cerisier dans la remise. J'irai t'en chercher, ça brûle plus lentement et ça tient en braises. »

On entendit encore un coup de roulade d'ouessant dans la toiture ; février s'épuisait en craquelant la gangue sombre de l'hiver.

On tendait moins l'oreille que la veille : il y avait eu le cheval. En toute *logique* (logique de quoi ? Logique du sang, logique du *sacrifice* ?) il devait en avoir au moins jusqu'au lendemain à cuver son crime ; peut-être jusqu'à la nuit suivante. Mais la nuit suivante, on serait là, et le surlendemain, et tous les jours et toutes les autres nuits. C'était la guerre — déjà...

Au matin, François prit son tour de garde.

Le vent de la nuit avait lavé le ciel, et il était venu un jour doux et bleu, encore un peu pâle de mauvaise saison, un jour convalescent, qui montait sur la lande.

C'est qu'il faut un temps pour se guérir de

l'hiver (il faut un temps pour se guérir de tout : des agonies d'hivers comme des Dieux — des *idées* de dieux ; des idées très humaines dont on ne guérit pas forcément ; enfin, je passe : vous verrez bien). Ici, les saisons commencent d'un coup : un jour on dit : « C'est le printemps » ; en effet, si on regarde autour, cela crève les yeux, c'est bien le printemps (je ne parle pas de dates ; on a vu des printemps débuter en février aussi bien qu'en juin ; il y a même des printemps qu'on n'a jamais vus). Les commencements sont nets, mais les fins s'étalent : cela nous fait des entre-saisons très floues pendant lesquelles on sent que cela se prépare ou que cela se soigne ; des printemps qui mettent des semaines et des semaines à se préparer avant d'éclater, et des étés qui s'épuisent à petit feu et qui jaunissent brusquement un matin de rouges et de brun-rouille : au lever du jour, c'est l'automne.

Là, il y avait un nouvel espoir dans la peur : on sentait que l'hiver faiblissait. Le nuage qui nous avait recouverts depuis des mois n'était plus aussi compact, étang gris, lac de plomb, couverture lourde : le nuage devenait montagne blanche qui monte dans le bleu délavé ; le relief et la couleur sortaient des vapeurs. Toute la semaine on a vu ces changements se préciser lentement, les pluies se faire moins monotones, le ciel devenir vivant de mouvements clairs.

Nous n'avions pas arrêté les tours de garde, mais la peur s'était transformée en une inquiétude assez commune. On ne prêtait plus trop l'oreille à tort et à travers. Et comme les jours avaient retrouvé leur transparence, on se prenait à douter de ce qui s'était passé avant.

Février fut enterré et les journées prirent un goût très paisible. Depuis quelque temps on revoyait la barre du Cap au bout des grèves ; et les meilleurs jours, on ressortait les barques pour aller à la pêche.

Et on se retrouva à la mi-mars par un dimanche tout éclaboussé de soleil. A la fin de la messe, il fut décidé de se réunir pour discuter des tours de garde (d'autant que depuis quelques jours, l'attention s'était tellement relâchée qu'on trouvait souvent les hommes en train de boire un verre au lieu d'aller et venir dans les rues du village comme avant).

Tout le monde voulait dire son mot ; nous étions beaucoup trop nombreux pour le bistrot de Josette. Si bien qu'on décida d'ouvrir la salle paroissiale au bout de Lanemœur. Là-bas, on put prendre nos aises et avoir un peu de place pour ponctuer les discussions de grands mouvements de bras. Alors ? Devait-on encore craindre quelque chose ? Devait-on arrêter de monter la garde ? Notre tueur de bêtes avait-il assouvi sa folie ? Je vous passe le détail des débats ; une réponse beaucoup plus éloquente nous fut donnée rapidement : le petit-fils Le Coz entra dans la salle comme une bourrasque en criant : « Il y a le feu à la chapelle ! »

Tout le monde descendit la Grand-Rue en courant. On apercevait la colonne de fumée pardessus les toits.

C'est après le bosquet de pins, en arrivant sur le tertre juste avant la Pointe-aux-Chèvres, que nous vîmes le spectacle (car c'était bien un spectacle, très théâtral, tout à fait bien ordonné) : la chapelle était en flammes, et sur la croix (qui avait déjà servi à crucifier la dinde) était cloué un lapin ouvert de part en part.

Les poudres sautèrent quand fut rapportée l'histoire du surnommé Lançon, petit homme sec et nerveux (d'où la comparaison, sans doute, avec ces petits poissons de friture enfouis dans le sable à marée basse), qui occupait par décision du conseil municipal les fonctions cumulées de cantonnier-fossoyeur-garde champêtre, à 27 francs par jour.

Ce dimanche de la mi-mars, il revenait de la pinède par le sentier des Grèves quand il entendit une sorte de couinement et un bruissement agité derrière la haie qui borde le chemin.

Il écarte les ronces, il se faufile, et là, il voit une mouette échouée sur l'herbe et l'aile pendante.

Il s'approche, prend l'oiseau entre ses mains, et il entend qu'on vient sur le sentier. Alors il écarte les buissons, et il voit Javenoux qui va vers Lanemœur d'un pas très naturel, un bidon de fer à la main (un bidon de quoi ? D'essence ? Pétrole de lampe ? Autre chose ? On n'a jamais su, mais ça a suffi).

Sur le moment, ça ne l'a pas étonné, et comme Javenoux ne faisait pas vraiment partie de ses amis (n'oubliez pas qu'il était aussi garde champêtre), il est resté caché derrière ses ronces.

C'est en revenant au village, quand il a vu l'incendie de la chapelle et qu'on lui a raconté le lapin cloué sur la croix, qu'il a compris le sens de cette rencontre sur le chemin.

Comme tout le monde s'agitait de tous les côtés en criant, il a hésité un peu, parce qu'il se rendait bien compte de ce qui se passerait s'il parlait. Et puis finalement, il a raconté ce qu'il avait vu : Javenoux avec son bidon de fer.

« Il est où, Javenoux ?

— On l'a pas vu !

— Il n'était pas à la messe ! »

Un par un, chacun arrivait à la même idée. Les cris qui tournaient en rond depuis tout à l'heure trouvaient une direction où aller et s'y engouffraient en troupeau serré.

On raconta... mille choses évidemment. On repassa chaque crime un par un. On ressortit de vieilles histoires qui n'avaient aucun rapport avec l'affaire. Guilleven n'en perdait pas une : « Je l'avais bien dit ! Pire salaud, y a pas ! Et souvenez-vous de la Laurence !... » Dans l'agitation on ne pensa même pas à le faire taire ; et puis on ne l'écoutait pas ; je veux dire : on n'écoutait personne en particulier ; c'était des braillements dans tous les sens d'où émergeaient des mots qui échauffaient sérieusement les nerfs et qui disaient très clairement vers quel jugement on se dirigeait. C'est qu'on revoyait en un instant les poules, le sang, les bêtes éventrées, le cheval mort, et l'église en feu.

François essaya de les calmer :

« C'est pas à nous de juger. Il faut aller chercher les gendarmes !

— Tiens, ça fait lurette qu'on les a appelés, les gendarmes !

— Oui, ils n'avaient qu'à venir plus tôt !

— Hé, François ! On voit bien que c'est pas tes bêtes qu'on a éventrées !

— Qu'est-ce que vous voulez de plus : on l'a vu avec le bidon pour aller mettre le feu à la chapelle. C'est pas une preuve ça ? »

Et puis on ne s'entendit plus du tout. Il y avait de grands gestes de bras, et cela remuait de colère. (Quoi ? Libérez Barabbas ? Crucifiez l'autre ? Et qui allait s'en laver les mains dans l'histoire ? Le jugement du peuple. Cela me rappelait quelque chose ; pas pour l'affaire — il ne s'agissait pas de ça — mais pour le *principe.*)

Et quelqu'un, je ne sais plus qui, est monté sur une table et a crié :

« Allez ! Tous à Guildo ! »

C'était juste ce qui manquait pour qu'ils deviennent dangereux. Ils sont sortis en foule au-dehors ; et là, ce n'était pas vingt ou trente qui venaient risquer leur peau à faire des rondes la nuit, c'était tous les hommes du village, présents pour la mise à mort (n'était-ce pas précisément vers cela qu'on se dirigeait ?).

Ils partirent en hurlant sur le sentier de Porrie ; la plupart étaient armés.

« On ne peut pas les laisser faire ! dit Josette.

— J'espère que Javenoux n'est pas à Guildo, dit François. Je vais essayer de le trouver avant eux. Envoie quelqu'un aux gendarmes ; et qu'ils ne traînent pas ! »

Il prit le fusil sur la table et sortit dans la Grand-Rue.

Il voyait en bas les pierres noires de la chapelle qui fumaient encore un peu. Il y avait un grand bleu d'ouest, encore fragile, mais très clair de soleil. Dans cette lumière, il n'y avait plus de peur, il n'y avait plus qu'une ruine et de la fumée, plus que de la tristesse et une sorte d'apaisement. A la croisée des sentes, sous la chapelle, François voyait le groupe qui était parti à Guildo ; ils allaient disparaître derrière les Grèves-d'en-Haut. Ces hommes en bande armée pris de furie ; bon sang, cela lui disait quelque chose. Et ces ruines fumantes, ce sang sur la croix ; qu'est-ce qu'on voulait ? La peur ? La peur c'était dans le brouillard, les animaux morts ; là c'était autre chose ; autre chose débarrassé du spectacle, comme si tout n'avait été qu'une *mise en scène*.

François sentit tout cela le temps d'un coup d'œil, puis il se demanda comment il allait pouvoir faire. Et en relevant la tête, il vit de l'autre côté des ruines de la chapelle, au début de la lande aux chèvres, un homme planté dans la bruyère qui lui faisait de grands signes du bras. Avec la distance on ne pouvait pas être sûr mais, à parier, il aurait dit que c'était Javenoux.

Alors il est allé vers lui, tandis que l'autre continuait de faire ses mouvements de bras. Et quand il a été plus proche, il a vu que c'était bien Javenoux.

Javenoux ! Et les autres en furie qui étaient partis à sa recherche ! On les voyait là-bas en début de lande qui couraient vers Guildo.

Savez-vous ce que se dit François en voyant ça ? Il se dit que pour une chance, c'était une chance ; il se dit qu'on allait pouvoir éviter le pugilat. Tiens ! Je parierais qu'il a pensé au hasard, aux coïncidences, et à ce genre de bêtises. Comme si l'autre n'avait pas pu voir la bande qui partait à Guildo...

A dix pas Javenoux a arrêté ses signes et a regardé François venir.

« Oh, Javenoux ! Qu'est-ce que tu fais là ? Ils te cherchent, dit François en arrivant près de lui.

— Je sais », répondit Javenoux en souriant.

François est resté sans comprendre pendant un instant... « Je sais. » Hé ! C'est que du *hasard,* il n'y en avait guère !

« Ils veulent te prendre, précisa François pour être sûr qu'on parlait bien de la même chose.

— Dame ! Je t'entends bien, dit Javenoux. C'est un autre genre de chasse ce coup-ci ! »

Cela n'avait vraiment pas l'air de l'effrayer ; et pourquoi donc ? Est-ce qu'une bande à moitié ivre et prête à tout n'est pas un motif suffisant de frayeur ? Qu'est-ce que vous en dites ?

Et lui, rien du tout ; il faisait plutôt une mine ravie, comme s'il menait le jeu.

Et puis il s'est mis à rire en se balançant devant François. Il a dit : « Petit, petit, petit... », comme quand on appelle une bête. « Petit, petit, petit... » Dans le même temps, il se reculait en regardant François du dessous.

« Arrête ! dit François. Qu'est-ce que tu fais ? Arrête un peu tes manigances !

— Tu ne veux donc pas m'attraper ? Petit, petit, petit...

— T'attraper ? Mais tu es là... et c'est moi qui tiens le fusil. Les autres ne t'auront pas. Je les empêcherai. Cela se fera proprement ; et les gendarmes vont arriver.

— Les gendarmes ? Tu délègues tes pouvoirs ? Ah, tu me tiens ? Tu pourrais tirer sur moi ? Et regarde en bas : on nous a vus ; regarde comme ils reviennent par ici ; ils seront là bientôt. Ils se pressent, tes gendarmes ? »

François tourna la tête vers Porrie. C'était vrai : on les avait vus ; la bande hurlante remontait le sentier des Grèves vers la Lande-aux-Chèvres.

« Alors ? Tes gendarmes ? dit Javenoux en riant. Tu vas être obligé de mener cela toi-même. Tu vas les retenir ? (Il redevint sérieux d'un coup.)

On va jouer à Dieu et à Diable. Tu vas voir. Tu n'y peux rien ; je ferai de toi ce que je veux ; c'est trop tard ; les rôles sont donnés ; cela fait longtemps qu'ils sont donnés ; tu es le chasseur. (Il s'agenouilla devant François comme s'il avait peur.) Laisse-moi m'enfuir ; ils vont m'avoir. Laisse-moi filer ! »

François regardait Javenoux faire son numéro ; et il regardait le sentier par où les autres allaient arriver ; et encore Javenoux.

Et Javenoux se releva en regardant François.

« Ah, tu ne veux pas jouer à ce jeu-là ? dit-il. Mais c'est trop tard maintenant, tu ne peux plus faire autrement. Attrape-moi ! Ah ah ! Allez ! »

Il reculait en riant ; de plus en plus vite. Et puis, d'un coup, il se tourna et partit en courant à travers la lande.

François hésite une seconde ; et le voilà qui file à la poursuite de Javenoux. L'autre a pris de l'avance ; il est à cent mètres devant. La bruyère craque sous les pas. Il fait soleil sur la lande, sur ces deux-là qui courent. Et qu'est-ce que c'est que ce jeu-là ? Dame ! Comprenez-vous que Javenoux amène François à l'endroit exact où il a décidé que les choses devaient se passer ? Comprenez-vous que Javenoux veut se faire attraper ? Et comprenez-vous quel rôle il veut faire jouer à François ? C'est après que j'ai compris cela ; bien après. Mais comment imaginer qu'on puisse être à ce point désespéré par l'existence ? Comment imaginer qu'on puisse vouloir jouer à un tel jeu ? A Dieu et à Diable ? Pour le diable, c'est tout vu !

Quand Javenoux eut contourné le rocher de Poulifée, il se retrouva devant la falaise. Alors il s'est arrêté. Il s'est arrêté pour attendre François, voyez-vous ? Il s'est arrêté là, devant le vide, avec le rocher à vingt mètres, le soleil, et la mer en bas.

Puis François arriva à son tour, et il vit Javenoux au bord de la falaise, immobile, les mains croisées derrière le dos, comme un promeneur qui regarde la mer.

François arme le fusil :

« Ne bouge pas ou je tire ! »

Javenoux se tourne, très calmement.

« Là ! Je ne bouge pas, tu vois bien.

— N'essaye pas tes tours avec moi. Tu ne t'enfuiras pas.

— M'enfuir ? Où donc ? Regarde comme c'est beau ; c'est clair jusqu'au Cap. Il n'y a pas de meilleur endroit. »

Vous voyez ça un peu ? « Pas de meilleur endroit ! » Etonnez-vous ensuite si François n'y comprenait rien ! Et pour n'y rien comprendre, on ne pouvait mieux dire.

« Tu ne te rends pas compte de ce qui arrive, dit François. Ils veulent t'attraper ! »

Javenoux eut un rire rentré, et toujours riant et un peu menaçant, il dit :

« Mais non, c'est toi qui ne te rends pas compte. Crois-tu que je n'avais pas vu Lançon derrière la haie ? On ne sait plus se cacher. Il n'y a plus de vrais chasseurs. Il avait l'air idiot avec sa mouette dans la main. Et crois-tu aussi que je ne me suis pas douté de ce qu'il allait raconter au village ? Pourquoi crois-tu que je t'ai fait signe tout à l'heure devant la chapelle ? C'est une leçon de chasse ça aussi : l'animal entraîne toujours le chasseur jusqu'à l'endroit le plus favorable ; et ce n'est pas toujours celui qui tient le fusil qui mène le jeu.

— Tu veux donc mourir ?

— C'est mon affaire. Mais c'est mieux que cela ; tout dépend du prix que l'on est disposé à payer, et de la valeur que l'on donne aux choses.

— C'est toi qui as tué les animaux ?

— Ah ah ! Tu essayes par avance de ne pas te sentir coupable ! Tu ne le sais pas encore ? Tu n'as pas compris ? Et puis quoi... je croyais que tu voulais me livrer aux gendarmes ; qu'est-ce qui t'arrête ? Tu veux faire le juge ? »

François a attendu un instant comme d'hésitation feinte, de ces pudeurs qu'on n'ose pas montrer, et puis il s'est lancé :

« On était d'amitié tous les deux ; c'est pas pour juger, c'est pour comprendre.

— D'amitié ? C'est d'amitié que tu tremblais le jour du gigot ? C'est de peur. Tu peux avoir de l'amitié pour quelqu'un qui te fait peur ? Tu joues au lapin ? Et pourquoi de peur ? Fallait pas venir. Et tu es venu. Là aussi c'était “ pour comprendre ”. Tu as toujours été intrigué, pas vrai ? Tu ne veux pas être le lapin. Tu étais venu pour apprendre. C'est bien d'avant les animaux que tu te demandes. Tu as voulu que je t'apprenne les caches, la chasse, l'affût... je t'ai appris la peur par-dessus le marché. Mais tu voulais plus, tu voulais apprendre la solitude et l'indifférence du chasseur. Tu y es presque, je te dis ; tout est réuni, c'est à toi de tenir le rôle ! »

Javenoux s'était animé en parlant ; il regardait François avec un sourire féroce. Derrière lui, en bas de l'à-pic, François voyait les rochers bruns et la mer marine de soleil. La brise de houle serpentait sur la lande comme pour donner un son au silence.

« Je ne comprends pas, dit François. Mais je te pose encore la question : est-ce que c'est toi qui as tué les animaux ?

— Ah, lapin, lapin ! Tu cherches à te trouver des excuses pour ce que tu risques de devoir faire... soit. Oui, c'est moi qui ai tué les animaux ! Mais c'est mon affaire. Je me suis bien payé leurs figures ! Ah ah ! Tu veux encore poser des questions ? Non ! C'est mon affaire, je te dis. Ne cherche pas... maintenant il faut finir, regarde : les voilà au pied de la Pointe-aux-Chèvres ; il ne reste guère de temps. Je t'ai appris ce qu'il fallait, comprends-tu ? Nous jouons à Dieu et à Diable, comprends-tu ? Oui ? Ton rôle est donné, “ enfant soleil ” ! Ah ah ! “ Enfant-Roi ” ! Ils te diront que c'était pour parler, mais tu verras, c'est resté. Et moi je fais le diable ! Ah ah ! Tu comprends mais tu n'oses pas ; tu seras bien obligé, tu verras. Tu connaîtras la solitude et l'indifférence. Ah ah ! La grande indifférence des Dieux ! »

Javenoux sautait d'un pied sur l'autre en riant.

« Oh ! Arrête donc ! dit François. Moi je ne joue pas à ton jeu. Si tu crois...

— Tais-toi donc ! C'est réuni, je te dis ! Je vais t'y obliger... et ensuite " ils " le feront sans le savoir ! Ah ah ! Petit, petit, petit... (Il commençait à longer le bord de la falaise sans regarder François.) Petit, petit, petit...

— Ne bouge pas ! cria François.

— Tu peux m'en empêcher ? Tu veux terrasser le dragon ?

— Ne bouge pas ou je tire !

— Tu vois bien que tu finis par y jouer à mon jeu. Petit, petit, petit... Tu pourrais me tuer ? (Il regardait ses pieds en souriant, toujours au bord du vide.) Tu ne réponds pas ? Ah ah... non, tu ne pourrais pas ! Allez ! Si tu ne me laisses pas filer, je me jette par la falaise !

— Tu plaisantes ! Cela ne prend pas !

— Crois-tu ? Es-tu sûr de toi ?

— Je t'ai dit de ne pas bouger ! (Il relève le canon du fusil.)

— Petit, petit, petit... laisse-moi partir ou je saute. Ce sera comme si tu avais tiré, c'est toi qui m'auras tué. (Il avait son sourire de lande.) C'est toi qui seras responsable. C'est le jeu. Tu es le chasseur.

— Je crois que j'y suis ; je comprends ce que tu veux, dit François en abaissant l'arme. »

Javenoux a regardé François sans bouger, et il a eu un petit rire assez court et silencieux sans qu'ils ne se quittent des yeux un seul instant. C'était comme un conciliabule muet et presque fraternel.

« Les voilà qui arrivent », dit Javenoux.

Les autres n'étaient plus qu'à cent mètres ; on entendait leurs cris.

« Et en place pour le dernier acte, c'est bien cela ? dit François.

— Ils ont besoin d'un chef, dit Javenoux.

— J'ai compris mais je ne jouerai pas.

— Oh, tu ne pourras pas faire autrement, ou bien tu fuiras... *mais qui sait si tu ne t'en découvriras pas l'envie !*

— Jamais ! »

On voyait la horde qui venait de passer le rocher de Poulifée.

« C'était décidé avant, dit Javenoux. Tu vas voir. »

Les premiers s'étaient arrêtés à dix pas et regardaient Javenoux au bord de la falaise et François qui le tenait au bout de son fusil. C'était en plein dans le soleil avec la mer au fond. On entendait la bête du ressac en bas des récifs. Il y avait un grand souffle bleu de lumière au-dessus du Cap.

Ils étaient tous là maintenant. Ils regardaient ; en silence.

« Ecoutez tous ! dit François. J'ai envoyé chercher les gendarmes. Au premier qui approche, je tire ! »

Il y a eu un murmure d'agitation ; quelques voix ont dit :

« Tu le protèges !

— Il a tué nos bêtes !

— C'est un salaud ! »

François a crié :

« Taisez-vous ! On ne sait pas si c'est lui ; je tue le premier qui bouge ! »

Et Javenoux s'est mis à rire :

« Mais oui ! C'est moi qui ai tué vos bêtes ! C'est parce que je suis fou ! »

En disant cela, il se balançait à droite et à gauche, avec son rire qui était comme une menace.

Sans savoir vraiment, François se doutait bien. Il a dit :

« Javenoux ! Tiens-toi tranquille. »

Javenoux a continué de se balancer, mais cela a plutôt plu aux autres de voir que François était, malgré tout, de leur côté.

Et puis Javenoux s'est arrêté ; de tout. Je veux dire : il s'est arrêté de rire, de se balancer, de menacer. Il a regardé tout le monde lentement, et il a dit :

« Vous êtes tous des animaux ! Il n'y a que François pour avoir réussi à m'attraper. Hé ! Guilleven ! Pauvre porc ! J'ai pas tué Laurence ; ah ça, je ne l'ai pas tuée ! Elle m'a dit ce que tu lui faisais avant ; elle avait plus de pitié que de mal !

Ah, elle est bien vengée maintenant. Regardez vos têtes ! Elle se moquait bien de vous tous ! Vos bêtes, c'est moi qui les ai tuées. Il faut bien aller chercher vos cœurs là où ils se trouvent, non ? »

Il s'est arrêté un instant. Il y avait un silence de vent et de mer. On regardait Guilleven ; on regardait Javenoux et François. Et il a dit encore :

« François ! Tu es le chasseur ; souviens-toi. »

Il a bien fait le tour de chaque homme avec un sourire dangereux, et puis il a sauté dans le vide de la falaise, très naturellement si l'on peut dire, en se penchant juste, sans un cri.

En bas, c'était les grandes éclaboussures de blanc dans le soleil des vagues qui frappaient les rochers.

> « Aucun homme n'est maître du vent, aucun homme n'est maître du jour de la mort. Il n'y a pas de sursis à la guerre, et la méchanceté ne sauve pas celui qui la commet.
> « Tout cela je l'ai vu, en mettant tout mon cœur à tout ce qui se fait sous le soleil, au temps où l'homme est maître de l'homme, pour son malheur. »
>
> Ecclésiaste, VIII, 8-9

« ... C'est que vous ne pensez pas plus loin que le bout du pied de votre verre à goutte, vous autres, dit Josette. Vous voulez que je vous dise : vous êtes une belle bande d'abrutis ! »

Ils ne disaient rien. Cela ne faisait pas plaisir à entendre, mais tout le monde avait dans l'idée que cela n'était pas complètement faux ; enfin, pas assez faux pour qu'ils puissent répliquer ; et puis ils ne l'auraient pas dit comme ça ; mais ils se sentaient suffisamment fautifs et malheureux pour se taire et la laisser envoyer des vérités mauvaises à dire à droite et à gauche, à travers la figure des uns et des autres.

Voyez-vous, après la mort de Javenoux, il y eut un moment de flottement, et tout d'un coup, ils comprirent que ce n'était plus un animal mais un homme qui venait de mourir sous leurs yeux. Et François qu'on n'avait pas écouté, qu'on avait presque mis dans le même sac que Javenoux. On se sentait honteux — trop tard évidemment — et on avait beau jeu ensuite de se frapper la poitrine en criant *mea culpa* (ils ne le faisaient pas, à vrai dire ; ce ne sont pas des hypocrites ; c'est pour cela qu'ils se contentaient de se taire).

On aurait pu laisser passer l'« incident », parler de *fatalité,* et se dire qu'on avait gardé les mains propres, mais François avait regardé tout le monde, assez longtemps, un par un, suffisamment longtemps pour qu'on baisse les yeux, et il était parti lentement en nous faisant bien sentir que, le nez au sol, on s'écartait sur son passage.

Nous ne l'avons plus revu.

Comme je vous le dis : disparu, envolé ! Il était parti pour Saint-Malo, et quelques semaines après avait embarqué à bord d'un terre-neuvas qui partait pêcher pendant la belle saison. C'était encore des voiliers à cette époque ; c'était une affaire de plusieurs mois.

Bien entendu, il n'est venu à personne l'idée que nous faisions peut-être partie d'un plan plus vaste ; que Javenoux avait décidé de mourir comme monnaie d'échange pour nous donner... un Roi ? Oh, je ne sais plus ! De toute façon, dans cette histoire, chacun a suivi son idée, ventre à terre, sans comprendre le quart du début de celle des autres. Ah ! Si François était resté, au moins, on aurait pu parler, s'expliquer, essayer de raisonner un peu sur les folies de chacun ; mais il est parti comme ça, d'un coup, avec l'air de dire que nous lui faisions horreur.

Alors ici, tout le monde a commencé à se sentir très misérable.

Rien n'a été dit, évidemment ; mais on encaissait en silence.

« Tu savais, toi, que François était en pêche à Terre-Neuve ?

— Non !

— Hé si !... ça fait loin. »

Et c'était tout. On hochait la tête et on parlait d'autre chose ; mais cela ne prenait pas. On voyait très bien que les idées continuaient de tourner autour des bancs de Terre-Neuve, et de la pêche, et de François. Bon sang ! Pourquoi est-ce qu'il avait filé comme ça ? Passé les premiers moments où il restait encore un peu trop de folie, on lui serait tombé dans les bras ! Josette avait raison : nous étions des imbéciles ; et des ingrats. Et personne n'aime avoir une dette en compte.

Ensuite, cet été 39 est venu.

Nous n'avions pas le cœur à grand-chose. Ce fut un été très raisonnable, sans grosses chaleurs ni d'excès en rien.

Juillet est passé.

Août aussi.

Et le 3 septembre au soir, c'était la guerre.

Ah !... La guerre. Comment vous dire ? Ce furent les années sombres d'un hiver interminable.

Mais après tout, n'avons-nous pas l'habitude des tempêtes ?

En fait de tempête, celle-ci fut bien étrange.

Rappelez-vous nos récifs et nos vagues ; souvenez-vous des longs chuchotements d'arbres et de pins, des déserts de sable, et des dunes immobiles ; n'oubliez pas nos falaises et les immensités de landes ondulantes et vides, là-haut sur les plateaux, entre la houle et le ciel. N'y a-t-il pas une autre vie derrière le silence minéral des rochers et des sables, une autre vie de griffes et de sang dont le moindre hoquet dure un millénaire, et pour qui l'arrivée des Allemands n'était guère plus que l'agacement infime d'un moucheron que l'on sent sur sa peau et que l'on chasse d'un geste sans même y penser ? Ne croyez-vous pas que le grand animal sur lequel nous vivons et dont nous sentons le souffle et la vie propre au-delà des choses pleines d'innocence qui nous entourent ne pouvait tolérer bien longtemps une telle irrévérence de piétinements et de chars sur son dos monstrueux, mais pourtant délicat et sensible ? Nous en avons la pratique, voyez-vous, et l'amour. Ces mystères ne se laissent approcher qu'après une longue cour et beaucoup d'égards. Et les forces souterraines de la terre et du ciel qui chantent de longues plaintes dans les ramures tout au long de ces nuits de tempête sont d'une susceptibilité vive, prennent facilement de l'humeur, et de la colère. Cela n'a jamais été dit, à peine pensé, et pourtant tout le monde le savait : face à ces mystères les Allemands avaient perdu la guerre.

Il est vrai qu'il leur fallut tout de même quelques années pour s'en apercevoir.

Et pendant ces années durant lesquelles l'Histoire se jouait, notre histoire à nous prenait une tournure assez étonnante.

C'est qu'après la défaite de juin 40 nous n'avions toujours pas eu de nouvelles de François. On avait fini par apprendre qu'il était parti au front en trichant sur son âge ; et ce fut tout ; pas d'autres nouvelles.

On a commencé à penser au pire.

Mais pour ce qui est de penser — et surtout au pire — nous avions déjà une bonne quantité de sujets d'inquiétude à nous mettre sous la dent, et ce serait mentir que de faire croire qu'on parlait de François à tout bout de champ ; à vrai dire, nous n'en parlions pas. Mais nous avions une dette à payer, et je crois que la nature humaine est aussi âpre à payer qu'à gagner quand il s'agit d'avoir l'esprit en paix.

Alors François, on le gardait en compte dans un recoin bien enfoui — de ces recoins si intimes qui touchent au cœur, sur lesquels on reste muet — et on faisait mine de l'oublier parce qu'on avait à se préoccuper d'événements plus pressants.

Les « événements », c'était : la Kommandantur installée à Fréhel, la lande hérissée de pieux de quatre mètres de haut pour empêcher l'atterrissage des planeurs, les champs de mines sur toute la côte, et les blockhaus accrochés aux falaises.

Cela changeait le paysage.

C'était aussi ces Teutons qui grouillaient

comme des rats blancs, qui venaient dans nos fermes et sur nos terres sans bonjour ni au revoir.

Alors en 42 la Résistance a commencé à s'organiser.

Je vous ai déjà dit deux mots, je crois, au sujet de Guineuheuc — c'était lui dont le cheval avait été éventré —, eh bien, c'est ce Guineuheuc-là qui, avec son père, a commencé en 42 à donner du fil à retordre aux boches. Au début, c'était spontané, il n'était affilié à aucun réseau de Résistance ; il fabriquait de faux papiers d'identité pour les jeunes soumis au Service du travail obligatoire en Allemagne, et il les cachait dans les fermes des environs.

Et puis cela a pris de l'ampleur.

Mais ce n'est pas comme on s'imagine. Vous avez peut-être été résistant, enfin vous auriez pu l'être : c'était comme des services très naturels qu'on se rendait entre voisins. On disait :

« Tu me gardes ce sac dans ta grange pour deux jours ?

— Faut voir. C'est quoi ?

— Si je te dis que c'est du blé ?

— Alors je te le garde. Y a pas de mal à ranger un sac de blé, pas vrai ? »

Et c'était fait ; on était résistant.

Quand cela s'est un peu organisé c'est devenu moins anodin : on avait des noms de guerre, on devenait un maillon de la chaîne ; mais dès qu'on avait rendu un ou deux services à droite ou à gauche, le reste venait très facilement.

Moi, j'étais « l'oncle Jobic » ; je servais de « boîte aux lettres » et plus rarement d'intermédiaire pour ceux qui devaient passer en Angleterre au départ des Grèves ou du Gwen (d'ici, la traversée était longue, mais c'est arrivé quelquefois). Les Allemands ne se méfiaient pas de moi : un curé reçoit toujours beaucoup de visites, n'est-ce pas ? — d'*âmes à absoudre*, évidemment ; parce que, pour ce qui est de comprendre la culpabilité, le rachat des faute, et la conscience du mal, les bourreaux sont rois.

C'est à l'automne 43 que je vis arriver Guineuheuc à confesse, juste avant les vêpres. Je me suis dit : « Tiens donc ! », parce que en général il va plutôt à Fréhel où on le connaît moins, et plus d'une fois l'an, c'est miracle !

Je l'entends qui s'agenouille à côté.

« Bonjour, monsieur le Recteur. Il y a un " passage " ce soir. Le Galérien et La Lande viendront le chercher chez vous à minuit. Ce doit être quelqu'un, vu les précautions. Le passe, c'est : " L'âne a mal au poil ". »

Puis il est allé faire mine de réciter sa pénitence sur un banc du fond.

Les « passages », c'était toujours important, et beaucoup plus risqué aussi. J'étais inquiet, je me préparais à tout ; mais pas à ce qui est arrivé.

Ce soir-là, je me retrouve donc chez moi à attendre dans un air un peu lourd et silencieux comme avant un orage. Pourtant, d'orage, il n'y en avait guère : c'était une grande soirée de fin septembre, douce et très transparente. Le noir s'était étalé paisiblement et sans brusquerie. Il y avait un frais d'ouest bien vif et des odeurs de pin et de sel. Non, j'avais beau regarder et renifler, comme on fait quand on attend, je ne trouvais aucun signe, ni bon ni mauvais ; tout était très naturel.

Je me suis assis. Et j'ai lu. Enfin, j'ai fait les gestes de lire, mais vous savez bien comme l'esprit s'échappe sous l'anxiété : on tourne les pages et les mots ne veulent rien dire parce qu'on écoute tous les bruits, on regarde l'heure dix fois, on entend le bourdonnement du silence.

Avec ce frémissement d'attente qui me chatouillait l'âme, quand j'ai entendu les pas et les coups frappés à la porte, j'ai sursauté. J'ai attendu un peu et puis j'ai demandé :

« Qui est-ce ?

— L'âne a mal au poil. »

Et j'ai ouvert la porte.

Et j'ai vu l'homme, ce gros bonnet de la Résistance envoyé en mission secrète à Londres... Je vous le donne en mille !

C'était François.

Il est entré rapidement et a refermé la porte.

Ensuite je l'ai regardé stupidement, comme ça, pour être bien sûr, et il a fait un petit sourire et un signe de la main qui se moquaient un peu de mon étonnement.

Ah ? miséricorde ! C'était bien lui ! Chandail, grosse veste de cuir, pantalon sombre, c'était souple et chaud, très bien adapté à ce qu'il allait faire, et en même temps tout à fait naturel ; cela faisait passant. Sans cet air très calme et commandant de celui qui sait au millimètre où il va poser le pied, j'aurais eu l'impression de l'avoir quitté la veille.

Mais il y avait cet air nouveau ; si nouveau et impressionnant que j'ai failli dire : « Comme tu as grandi ! » Et c'est vrai qu'il avait « grandi » ; pas en taille, bien entendu ; mais c'est l'idée qui venait en le voyant ; il dominait maintenant de bien plus *haut* qu'avant.

J'avais eu beau le voir naître, plus je le regardais, et plus l'idée de lui dire « comme tu as grandi » paraissait grotesque et presque insultante. Même le « François » que j'ai murmuré d'étonnement sonnait comme « monsieur », ou « monsieur François » à la rigueur en tenant compte du passé. Mais le passé s'éloignait bougrement vite de seconde en seconde pendant que je le regardais, parce que cette *hauteur* nouvelle dont je parlais n'avait rien à voir avec le passé de grand gars d'ici auquel nous étions habitués.

Et dans le demi-sourire très calme qui traînait sur son visage, j'ai cru voir la force d'un homme nouveau qui s'était regardé au fond des entrailles (et, à vrai dire, ce n'était pas ni un demi ni un quart de sourire, ce n'était pas joué pour faire impression, c'était un relèvement discret des commissures qui lui donnait cet air perçant malgré lui de quelqu'un qui voit loin).

Quand il a vu que j'avais fini de tout bien détailler, il a mis les mains dans ses poches et il s'est assis à côté sans rien dire.

Il y avait trop de questions — et surtout de celles auxquelles on ne peut pas répondre comme ça par deux ou trois mots —, il ne fallait rien brusquer ; alors je lui ai demandé :

« Veux-tu du café ?

— Oui. » (C'était un « oui » avec un hochement de tête et un sourire très net qui disait « s'il vous plaît » et « merci » en même temps ; mais c'était quand même un « oui » très dépouillé qui me laissait un peu sur ma faim.)

Je suis allé faire le café en remuant Dieu sait quoi de souvenirs et d'émotions. Ce n'était quand même pas un hasard, sa venue ici : n'y avait-il pas mille passes bien plus proches des côtes anglaises ? Je le lui ai demandé.

« C'est parce que je connais bien la région », a-t-il répondu.

Et puis il a ajouté :

« ... la région et les gens. Et c'est moins dangereux qu'en Normandie. »

Bien sûr qu'il connaissait bien la région, dame ! Qu'est-ce qu'il voulait me rappeler par là ?

Ensuite il a bu son café, tout simplement, avec un air qui ne voulait rien dire d'autre que « je bois mon café ». Pensez-vous qu'on aurait pu y voir de la nervosité, de l'inquiétude ? (C'est qu'il se préparait pour une équipée assez dangereuse.)

Non ! Pas d'inquiétude, pas de nervosité, je vous l'ai dit : juste l'air d'un homme qui boit son café.

Quand il a eu fini, il a reposé sa tasse et il a dit :

« On vient me chercher dans cinq minutes.

— Oui, c'est Le Galérien et La Lande ; ce sont deux de Fréhel ; le fils de...

— Non ! dit-il en m'interrompant. Je ne veux pas savoir. »

Il avait un de ces regards qui vous font rentrer sous terre. Et il avait raison : c'est qu'il pouvait être pris, et torturé ; la douleur peut aller bien plus loin que l'on croit pour chercher les mots, alors moins on en sait...

Mais cela ne me faisait pas plaisir, voyez-vous, de me faire moucher de cette façon-là ; je me sentais très honteux. Très honteux et stupéfait, à vrai dire : vous auriez vu ces yeux ! Et ce ton de commandement ! Le François d'avant (d'*avant* quoi ? C'est cela que je commençais à me demander), enfin, le François d'il y a mettons cinq ans, était bien trop *poli* — de cette politesse respectueuse de l'enfance — pour pouvoir vraiment commander. Là, il n'y avait plus de François ou de monsieur le Recteur, il y avait un chef en mission face à un petit, tout petit, subalterne.

La première question qui me soit alors venue à l'esprit, c'était : chef de quoi ? Comment ? Qu'allait-il faire à Londres ? Pour ça, rien qu'en voyant ses yeux, on ravalait sa langue : ce n'était pas le moment.

Mais la deuxième question qui venait juste

après, comme cachée par la première, c'était : chef, d'accord ; mais depuis quand ? Contrairement à ce qu'on pourrait croire, ma fonction m'a appris depuis beau temps à ne pas croire aux miracles — à ce genre de miracle-là, en tout cas —, parce que le titre n'a jamais fait l'homme, et vous pouvez toujours intituler Untel ou Untel chef de ceci ou chef de cela, c'est comme un âne déguisé en évêque ; et là, autant vous dire que notre âne n'avait pas l'air du tout de porter un déguisement (il n'avait pas non plus l'air d'un âne, si vous voulez savoir).

Alors, pour la première fois, et le temps d'un court instant, du reste, dont je ne me suis souvenu que bien plus tard, j'ai commencé à voir un sens, comme un réseau de lignes surgies du noir et qui se rassemblent les unes après les autres (pour former quoi ? Une Voie royale ? Et pour qui ?... Oh, rien n'est si simple), voilà : j'ai commencé à comprendre — à comprendre ! —, à soupçonner qu'il existait une *logique* dans cette affaire, et que l'on pouvait se pencher attentivement sur le passé et sur ce qui serait à venir, pour y découvrir des mystères.

Mais pour les mystères, on attendrait : c'était la nuit, c'était la guerre, et dans cinq minutes à peine les deux hommes viendraient chercher François (plus tard on dira : *notre* François) pour le « passage ».

Pendant ce temps, durant lequel je remuais toutes ces idées d'étonnement — quelques secondes, pas même dix, mais c'était suffisant —, François m'avait regardé, non pas dévisagé, regardé simplement, avec son visage de début de quart de sourire qui transperce. Avez-vous déjà été en situation de vous sentir transparent ? Parce que là, c'était exactement ça : transparent ! C'est plutôt désagréable — même quand il s'agit de quelqu'un comme François ; pour qui, par ailleurs, on se serait fait couper en rondelles, et avec le sourire, là n'est pas la question. Et même ça il a dû le sentir, parce qu'il a dit :

« Cela faisait du temps que je n'avais pas revu le pays ! »

Vous auriez vu cette mine enfantine, ce ton ému et rassurant (là il jouait, c'était évident), comme pour s'excuser de l'impression qu'il me faisait. Il pouvait bien faire la bête ! Je n'étais pas dupe.

Mais tout de suite, il a eu un très beau sourire, assez violent ; ce genre de sourire profond qui dit clairement qui est le dupe et qui est la bête, aimablement mais pressé par la nécessité — histoire d'éviter les malentendus. Puis il a ajouté, toujours souriant et — parfaitement ! — avec douceur (je n'aurais pas cédé ma place pour le pape !) :

« C'est le temps qui nous manque, monsieur le Recteur ; pour vous comme pour moi. »

Vous auriez vu ça ! En plus du temps, c'est la parole qui m'a manqué. J'ai hoché la tête en essayant d'y mettre le plus de profondeur possible et en espérant que cela lui suffirait.

Et puis il s'est levé ; il a fait le tour de la pièce en regardant bien tout ; il a sorti à demi un ou deux livres, et en arrivant devant le mur du fond il a dit :

« Ah ! Vous avez accroché le grand rosaire de buis. Il est très beau.

— Il est béni. Mais on ne s'en sert plus guère.

— Quinze dizaines, plus les Pater, murmura-t-il le regard fixé sur le mur. Est-ce qu'on pense encore à ce que l'on dit — est-ce qu'on pense encore à la prière — quand on en est au cent cinquantième Ave, monsieur le Recteur ? »

Juste à ce moment-là, il y a eu trois coups discrets contre la porte.

C'était Le Galérien et La Lande.

Avant de partir, François se retourna, montra le rosaire du doigt et dit :

« Récitez-le pour moi. »

Il fit un sourire, un geste de la main, et il referma la porte.

Des rosaires, je lui en aurais bien récité des kilomètres s'il avait voulu ! Et, à vrai dire, peut-être l'ai-je fait, parce qu'il y a des souvenirs et des manières de penser à quelqu'un qui valent bien toutes les prières que vous voudrez, n'est-ce pas ?

Le malheur, c'était de tenir ma langue ! Toute cette rencontre était restée très secrète, et j'eusse préféré me faire trancher le cou plutôt que de lâcher un seul mot sur ce que j'avais vu ce soir-là.

C'était surtout devant Josette que j'avais le plus de mal à me retenir. Parce qu'il n'y avait guère qu'avec elle que je parlais de temps en temps de François. Je vous l'ai dit : les autres n'en parlaient pas ; ils l'avaient mis en compte et dormaient dessus en attendant mieux.

Josette, elle, avait pris un coup de rides. Elle n'avait jamais eu de jeunesse à montrer, ni de souvenirs de beauté (c'est qu'il y avait des histoires plutôt agitées à ce sujet — au sujet de sa jeunesse... mais, bon, ce n'est pas le moment), alors l'épanouissement, comme cela arrive souvent, lui avait donné une sorte de fraîcheur, en comparaison, et une beauté grave comme un fruit qu'elle avait gardé jusque fort tard, jusque bien après que celles dont les fleurs l'avaient évincée se furent flétries, puis fanées sur place sans germer ni mûrir. Mais là — la guerre ? Ou quoi ? —, subitement, elle faisait son âge, peut-être encore un peu moins, mais tout juste.

Ce n'était pourtant pas de rides qu'elle était venue me parler ce jour-là, peu de temps — une semaine — après le « passage » de François. Non, ce n'était pas de rides, c'était un peu plus grave : les parents de François, Le Bihan et Marie, venaient de se faire arrêter.

Les Allemands étaient venus chez eux et avaient tout fouillé. Le malheur, c'est qu'il y avait dans la grange un de ces sacs de blé pas très innocents ;

entendez par là qu'ils trouvèrent quelques armes et des munitions.

C'était quoi ? De la malchance ? Une dénonciation ? Des dénonciations, il y en avait de toutes sortes et pas seulement de malveillance (de celles-ci, il y en a eu aussi, c'est entendu), et je l'ai déjà dit : on n'a de moralité que dans un fauteuil ; une main broyée vous éloigne beaucoup de la philosophie et des serments, et vous rend souvent très bavard.

Donc on n'a jamais su d'où c'était venu ; mais c'est venu, ça a cherché, et ça a trouvé.

Ils furent conduits à la Kommandantur de Fréhel, puis, de là, à la prison Marguerite à Rennes, ensuite... eh bien ensuite, ils ont été mis dans un de ces trains au sujet desquels, à l'époque, on racontait beaucoup d'horreurs qu'on n'osait pas encore croire tout à fait.

Et ce que j'ai dit, pour les mains broyées, la moralité, la philosophie et la facilité du discours dans ces circonstances, il faut croire que c'est une règle qui ne tient pas toujours — je veux dire qu'il y a chez certains des abîmes de force dans lesquels se cachent des leviers qu'on ne trouve jamais —, parce que Le Bihan avait beau en savoir un morceau sur les caches, les intermédiaires, et toutes sortes de choses sur la Résistance du coin, personne n'a été arrêté par la suite.

Tout cela a ramené encore nos pensées vers le François — orphelin ? A l'époque on ne savait pas vraiment, mais on s'en doutait et l'Histoire s'est chargée de répondre — et a ajouté (bizarrement : on n'y était pour rien) cette dette au compte de son crédit sur la liste, qui commençait à devenir bougrement longue.

« Et qu'est-ce qu'on va lui dire ? disait Josette. Qu'est-ce qu'on va lui dire quand il va rentrer ? Maudit de sort ! On lui aura donc tout pris. Oh ! Vous m'écoutez, bande d'ivrognes ? (On ne se frappait pas trop pour son langage, on avait l'habitude ; c'était sa façon de souffrir.) Au lieu de piquer du nez dans vos verres, vous pouvez me dire un peu ? Alors ? Vous avez laissé faire, évidemment !

— Qu'est-ce que tu voulais qu'on fasse ? Ils ne perdent rien pour attendre.

— Des mots ! Et qui sait où il est, lui. Des fois qu'il ne revienne pas non plus. » (Quand je vous disais que j'avais du mal à me taire !)

A force de brailler, elle finissait par se calmer de fatigue — hé, les voilà les rides : avant c'était la fatigue des autres qui la calmait !

Mais elle ne manquait pas de finesse et de mesure, malgré ses colères, parce qu'elle fut la première à comprendre bien des choses, plus tard, alors qu'on faisait encore les yeux ronds, quand...

Mais prenons tout cela dans l'ordre ; et dans l'ordre, cela nous mène en août 44.

En août 44 on ne voyait plus un seul bout de botte germanique et il y avait des drapeaux tricolores aux fenêtres.

Les Allemands s'étaient repliés sur le cap Fréhel

depuis juillet, commandés par un certain Ehrmanntraut dont on ne gardait pas un très bon souvenir dans la région. Cela faisait plus de quatre cents hommes retranchés à l'abri des champs de mines et des blockhaus. C'était une position stratégique. On appelait cela une « poche ».

Nos F.F.I. — ils étaient une quarantaine — empêchaient leur ravitaillement ; mais pour ce qui était de les déloger de là, c'était une autre affaire.

C'est pour cela que le 10 août on nous annonça l'arrivée dans les jours prochains d'une colonne importante de renforts, et d'un colonel — pas un colonel d'armée ; un de ces colonels envoyés par les Forces alliées ; mais colonel tout de même. On avait droit au gratin ! Son nom de guerre, on l'a su le lendemain : Delsol ; le colonel Delsol.

Gratin, d'accord ; mais on l'attendait de pied ferme. C'est que, depuis la fin juin, nous vivions une vraie pagaille ; pagaille du départ des Allemands ; pagaille du gouvernement qui essayait de reprendre sa place (en attendant, on se gouvernait très bien tout seuls) — il y en a même qui ont parlé de révolution (c'était plus tard, et pas ici ; c'est un trop *grand mot* pour nous, mais l'idée y était) ; et pagaille dans les têtes parce que, d'un coup, on voulait ranger nos F.F.I. au placard — nos F.F.I... Paul, Jacques ou Jean ; le fils qui depuis un an avait pris le fusil pour nous défendre en risquant sa vie ; hé, faut voir ce que c'était ! — ; bref, tout cela pour dire que ce colonel, on n'avait rien contre, au contraire, mais on attendait quand même de le voir, et de l'entendre, avant de se prononcer. Il faut nous prendre dans le sens du poil, voyez-vous.

... Et alors, pour ce qui est du sens du poil, personne n'a été déçu !

Donc, l'état-major s'était installé dans les locaux communaux près de la mairie (et non pas *dans* la mairie ; à preuve que pour la révolution, on repasserait) ; et on attendait ce fameux colonel Delsol.

Tout le monde était très sérieux, très grave, beaucoup plus que d'habitude, et bien qu'il ne s'agisse pas de mondanités, très *guindé* pour tout dire ; parce que si on ne pensait pas une seconde à être pris pour des révolutionnaires, ou je ne sais quoi d'autre, on ne voulait pas être traités en gamins ; on voulait faire bonne figure ; on voulait de l'estime (... le sens du poil).

Et les renforts sont arrivés ; et le colonel avec.

Il s'est présenté devant l'état-major qui se tenait raide comme un piquet, la susceptibilité à fleur de nerfs.

Le colonel Delsol... c'était François !

Evidemment...

Ah, vous auriez vu leurs têtes !

Ils avaient l'air de gens qui viennent de prendre leur élan pour enfoncer une porte ouverte ! Culs par-dessus têtes, et les yeux ronds comme des assiettes !

Quand Josette l'a appris, ça lui a redonné dix ans de moins ; et j'ai pu lui raconter cette nuit du

« passage » à Londres l'année d'avant ; il n'y avait plus de danger.

« Monsieur le Recteur, vous êtes le diable ! Vous m'avez laissée mourir d'inquiétude sans dire un mot ! C'est pas chrétien, ça ! »

François, lui, avait laissé tout le monde les bras ballants et la bouche ouverte. Parce que les changements dont j'ai parlé et qu'on avait pu voir le soir du « passage » étaient devenus écrasants d'évidence.

Passé les premiers instants d'étonnement, probable qu'on aurait voulu lui faire la fête — manière de commencer à rembourser cette dette qu'on lui devait —, et lui poser toutes sortes de questions, et parler d'« avant », et lui taper sur l'épaule en rigolant. Eh bien, ils en furent pour leurs frais : toujours ce morceau de sourire très intimidant, un signe de la main, ce calme imposant, et deux ou trois petits mots très courts qui ne laissèrent à personne le temps d'en prononcer un seul et qui les clouèrent sur place comme des andouilles.

Alors, question « sens du poil », ça se posait là. Mais il n'est venu à personne l'idée que ses nouvelles fonctions aient pu lui monter au cerveau, ni qu'il s'agisse d'une attitude *politique* dictée par les événements ; non, pour ce qui est de voir d'un coup d'œil de quel bois est fait un homme, nous nous y connaissons — je ne le dis pas par fanfaronnade ; je le dis parce que c'est vrai ; c'est une habitude, un instinct ; nous avons une grande expérience naturelle de l'*humain*. Et là, personne ne s'est trompé une seule seconde sur la qualité du numéro qu'on avait devant nous, parce que justement, il ne s'agissait pas d'un numéro, ni d'un jeu, ni d'une attitude pour se rendre important, ni de quoi que ce soit de cette eau-là ; c'était très net, très visible ; on l'a compris tout de suite.

Et puis — c'est vous dire s'il y avait de la délicatesse dans cet homme —, comme s'il avait voulu les ménager un peu après ces premiers moments assez abrupts, il leur a fait un très beau sourire, un sourire de très grande qualité qu'on ne sent pas arraché mais donné avec plaisir, et il a dit — je ne pourrais pas citer exactement ses paroles parce qu'on était tellement subjugués qu'on s'attachait plutôt à l'impression générale —, enfin, le sens de ce petit discours, c'était qu'il fallait qu'il s'occupe de ses hommes, qu'on manquait de temps (cela me rappelait quelque chose ; c'était quelqu'un de très pris), et qu'on se reverrait le lendemain pour mettre au point tous ensemble (le « tous ensemble » a fait très grosse impression) la tactique à suivre. Tout cela avait été dit sur un ton très précis qui ne laissait place à aucune remarque, peut-être même un peu sec, mais avec ce sourire généreux qui faisait très camarade et qui semblait dire : je suis votre colonel, je dois donner mes ordres, mais je me souviens, je me souviens très bien de tout. En tout cas, c'est comme cela que nous l'avons entendu.

Ensuite, quelqu'un, je ne sais plus qui — et de

l'avis général c'était tout à fait inopportun —, a dit, juste avant qu'il ne sorte de la pièce :

« François, pour tes parents...

— Je sais. »

Il a hésité — à peine, c'était tout juste le temps d'un mouvement de paupières — et il a ajouté :

« Dites : “ Mon Colonel ”. »

Il a fait un petit salut qui n'était ni vraiment militaire, ni vraiment familier, et il est sorti en laissant tout le monde sous le coup d'une sacrée impression.

C'est Josette, le soir au bistrot, qui a le mieux résumé l'opinion de tous :

« Ah, ça c'est un homme ! Voilà ce que je pense. Et, à mon âge, vous n'aurez pas tort de croire que j'ai une certaine expérience en la matière. (Là, on sentait un peu l'influence de la blanche dans sa voix.) Vous allez voir qu'il va nous nettoyer le Cap de sa vermine en pas deux ! Dites voir, vous tous, vous allez le suivre cette fois ! Des Javenoux, il y en a même en Allemagne, et des hordes de crétins sans cervelle avec des têtes en forme de bouse il y en a même ici ; vous n'avez pas besoin qu'on vous le rappelle, j'espère ! Ce n'est pas tous les jours, ni tous les ans, ni même tous les siècles si ça vous chante, et je n'en dirai jamais assez, qu'on trouve un homme comme lui. C'est de *qualité* d'homme dont je parle. Est-ce que ça vous dit quelque chose, hein ? Et arrêtez de faire ces yeux de chien ! »

Là, Josette avait retrouvé son souffle ; cela

faisait plaisir à voir. Et il y en a qui devaient se sentir très fatigués tout d'un coup. Parce que les allusions à Javenoux, j'aime mieux vous dire que c'était encore très efficace ; et la fameuse dette à mettre au crédit de François, dont je vous parlais, se réveillait en faisant un beau raffut dans l'esprit de chacun ; on n'avait plus envie de dormir dessus, et même si on avait voulu on n'aurait pas pu.

Le lendemain, quand il est venu, tout le monde était prêt ; prêt à tout ; et anormalement prêt : je veux dire que pour un autre on ne se serait pas donné de la peine pour les détails, il aurait suffi qu'on soit là, et on aurait sûrement râlé un peu pour faire bonne mesure. Là non.

Non seulement personne ne râlait, mais tout le monde avait dans le corps comme un frémissement de bien faire. Il avait demandé qu'on dise « Colonel » ? Va pour « Colonel » ; et ce n'est pas pour le mot, quoi qu'en dise Josette, nous ne sommes pas stupides, et ce genre de situations stimule beaucoup la compréhension des choses ; donc on avait très bien compris le sens de ce « Colonel »-là, et tout le monde mettait manifestement beaucoup d'application à montrer qu'il avait bien compris.

Personne ne fut déçu.

Parce que s'ils avaient fait des efforts, lui, le « colonel », s'était surpassé : uniforme impeccable, regard à tout voir, mine à savoir à qui on a affaire et quels jeux se jouaient ici ; beau pour tout dire, de cette beauté qui plaît aussi bien aux hommes qu'aux femmes — c'est de cette *qualité d'homme*-là dont voulait parler Josette ; de cette *belle* qualité d'homme. Enfin bref, de l'avis général on ne pouvait rêver mieux et on était prêt à le suivre où il voudrait, jusqu'en enfer si c'était nécessaire (les âmes étaient un peu exaltées).

Pour l'enfer on attendrait plus tard, parce que tout fut assez simple.

Enfin, simple du point de vue des combats en tout cas ; et les enfers ne furent pas ceux que l'on attendait.

On barra le cap d'est en ouest. Les Allemands furent encerclés, d'un côté par les falaises et la mer, de l'autre par les troupes. On leur proposa de se rendre ; on se vit répondre qu'on pouvait aller se faire voir (en allemand, et ça n'était pas dit comme ça, mais le sens y était). Alors on entreprit un siège en règle du camp retranché, histoire de les affamer un peu et de leur laisser le temps de réfléchir. Le lendemain le camp fut bombardé et, enfin, pris.

C'est à partir de là que dans la simplicité les choses se compliquèrent un peu.

(Au passage, il faut bien avouer que, quand je dis « on », ce n'est pas vraiment de moi qu'il s'agit ; un curé, ça ne prend pas les armes ; mais tout cela était là, à côté ; j'y étais ; et quand je n'y étais pas — de ce qui s'appelle « y être », au cœur —, je n'étais pas loin ; et on me l'a raconté de telle façon que cela ne fait aucune différence.)

Et justement, c'est à la fin de la prise du camp allemand qu'il se produisit simultanément deux événements auxquels je n'ai pas assisté mais que je peux vous raconter comme si j'y étais par le récit qu'on m'en a fait, et parce que si on a bien compris ce qu'était devenu François, on n'a aucune difficulté à se représenter tout cela de la façon exacte dont cela s'est déroulé.

Donc, les Allemands se rendent ; on réunit le monde ; on fait des prisonniers. Déduction faite de ceux qui avaient vu les obus d'un peu près, il en restait quand même plus de trois cent cinquante ; tout cela fit une belle agitation.

Agitation ou confusion, peu importe comment on la nomme, c'est bien de cela que profita Ehrmanntraut, le commandant du camp, pour tenter de s'échapper.

Il avait filé par le Gwen et se trouvait déjà à mi-chemin de Guildo quand on s'en aperçut.

François — le colonel, si vous voulez — donna ses ordres :

« Le Boulaire, Rabardel et Thomas, suivez-moi ! » (Il n'avait pas oublié nos noms, en tout cas.)

On ne voyait plus Ehrmanntraut. Il avait dû atteindre cet endroit, cette partie de lande qui entoure Guildo, où les buissons deviennent hauts, où on trouve beaucoup de genêts. Et n'oubliez pas qu'on était en août et que toute la végétation était en branches et en feuilles.

Mais ce qu'il faut bien se représenter aussi, c'est

que Guildo, je vous l'ai dit, c'est un coup de hache dans la lande. Pour un qui fuit, comme Ehrmanntraut, il n'y a que deux solutions : soit traverser Guildo en descendant au fond de la baie par le raidillon et en remontant de l'autre côté, soit contourner par les terres en restant sur la lande. Mais contourner, cela fait un sacré détour, surtout pour un homme traqué, ce n'était pas possible.

François le savait très bien. N'était-ce pas Javenoux qui lui avait appris les caches et la chasse ? Et que ce soit un animal ou bien un Allemand que l'on poursuit, cela ne tient-il pas, sans doute, du même principe ?

Alors François et les trois autres vont directement au-dessus de Guildo. Là, il y a un fouillis très dru d'arbustes et d'ajoncs. Il fait soleil ; c'est clair ; on voit loin. En bas, on aperçoit la ferme de Javenoux laissée à l'abandon, on voit les vaguelettes qui frisent jusqu'aux prés salés, et on voit aussi qu'il n'y a personne sur le sentier.

On contourne les buissons ; on cherche ; on ne fait pas de bruit.

Là, devant, une branche s'est détendue comme à l'envol d'un oiseau ; mais il n'y a pas d'oiseau. On avance doucement. On est presque au bord de la falaise. Encore une ligne d'ajoncs et c'est la cassure de grès qui tombe directement au fond de Guildo.

Ehrmanntraut est coincé derrière cette ligne d'ajoncs ; il est à côté du vide ; il entend les bruissements des autres qui avancent ; il sort son pistolet.

De l'autre côté des ajoncs, les quatre autres se déploient un peu.

On a tiré !

On riposte au jugé à travers les taillis ; on ne voit pas vraiment, on devine.

On entend un cri ! Se pourrait-il que notre colonel... ? Non : c'est Thomas qui est touché au bras.

Et puis on n'a plus tiré. François et les autres se sont rassemblés, et, après quelques regards, se sont risqués à franchir les taillis.

Ehrmanntraut était là, coincé, le dos contre l'abîme de Guildo, à trois pas devant.

Il n'avait plus de balles ; il était pris.

François s'est avancé à un pas, l'a mis en joue, et l'a regardé dans les yeux pendant une éternité.

Ensuite... eh bien, il a tiré, une fois, deux fois, en ajustant bien. Ehrmanntraut est tombé dans le vide de la falaise.

C'est que la « raison de guerre » vous fait faire de ces choses... Il est tombé juste sur Guildo, là où vivait Javenoux ; vous me suivez ?

Et pendant ce temps, sur le Cap, cette même « raison de guerre » se tordait de rire devant des événements pas tellement plus joyeux.

C'est que depuis plusieurs mois vivait au Cap, dans le camp allemand, une fille de la région — peu importe son nom ; les comptes sont faits, et réglés. Elle était tombée amoureuse d'un des soldats ; amoureuse au point qu'il ne s'agissait pas de coucheries avec l'occupant ; amoureuse au point qu'elle est allée vivre là-bas, dans le camp.

Quand on a réuni les prisonniers, on l'a trouvée. Pour elle, c'était bien plus que la guerre qui se finissait. Celles qui avaient couché avec le boche, on les tondait. Là, c'était plus grave : elle était partie chez eux, elle était passée de l'autre côté.

Alors, qui a eu l'idée ? Je ne sais pas ; pas des gens d'ici en tout cas ; on a dit que c'était ceux d'un canton voisin — là encore, peu importe, il ne s'agit pas de ça.

Ils l'ont emportée au bout du Cap, là où il n'y avait plus personne, pas de témoins. Ils l'ont fusillée contre un blockhaus et ont jeté son corps à la mer.

Quand François est revenu au camp, il ne s'en est pas fallu d'une demi-heure pour qu'on lui raconte ce qui venait de se passer ici. Parce que si je vous ai dit « sans témoins », c'est que j'ai voulu ignorer cette façon de fermer les yeux qu'ont eue les autres quand la fille a été emportée ; il y a une complicité, à peine inconsciente, à ne pas vouloir comprendre ce que l'on voit.

Quant à ceux qui lui ont rapporté l'histoire — manière de se blanchir un peu au passage —, ils ont pris François pour ce qu'il n'était pas et s'en sont aperçus très vite.

Il les a envoyés au diable, de façon très imagée, avec un ton très sec, et sans sourire, puis il a convoqué tous les chefs de groupes de F.F.I.

Personne ne savait, on n'avait rien vu, on ne savait pas qui c'était. Enfin, c'était un peu plus enveloppé, on s'emmêlait dans des explications sans queue ni tête, on exposait de vagues soupçons pour ne pas se compromettre, et en fin de compte on n'était pas plus avancé.

Notre colonel se représentait très bien tout cela, pendant qu'on lui débitait des sornettes. On voyait tout sur leurs figures. On voyait leur gêne, et on voyait bien qu'ils avaient pensé au pire quand la fille avait été emmenée.

François écouta tout le monde sans rien dire, sans colère. Dans son silence on crut lire la fureur parce qu'on se sentait trop coupables pour imaginer la tristesse.

Vous souvenez-vous de ce que disait Javenoux : l'indifférence du chasseur ? Et là, pouvez-vous me dire qui faisait Dieu et qui faisait Diable ?

« Et qu'est-ce que vous croyez, vous, monsieur le Recteur ? me demanda Josette.

— Moi, je crois... ah, je ne sais pas ! Pourquoi voulez-vous que j'en sache plus que vous ? Je ne crois qu'en Dieu, voilà !

— Dame ! C'est peut-être bien de cela qu'on parle, justement.

— Arrêtez, Josette. On ne sait rien après tout.

— On en sait bien assez ! Moi j'en entends toute la journée : “ Et pour le boche, il en a eu des scrupules ? ”, et je vous passe le reste, c'est de la même farine. S'il leur avait fait des reproches, au moins ; mais pensez-vous ! Rien du tout. C'est pour eux-mêmes qu'ils passent leur temps à expliquer et à couper les cheveux en quatre, en huit et plus, et à vouloir comprendre le moindre de ses mouvements et à compter les brins d'herbe. Lui, il ne leur a rien dit, mais c'est tout comme ; ils sont là à répéter qu'" on aurait dû empêcher ça ". C'est pas pour dire ! Bien sûr qu'ils auraient dû. Mais on dirait qu'ils étaient bien incapables d'y penser tout seuls ; on dirait qu'il a fallu qu'ils voient la figure de notre colonel — figure qui ne disait rien du tout finalement — pour comprendre " qu'on aurait dû empêcher ça ". Est-ce qu'ils ont perdu le jugement, à votre avis ? Est-ce qu'ils sont devenus comme des gamins à qui il faut tout expliquer ? Hé, ça vous dit quelque chose ? »

A vrai dire, non, cela ne me disait rien ; mais alors rien du tout ! Je n'aimais pas le tour que prenaient les choses, mais je ne savais pas quoi en penser parce que tout était trop embrouillé, trop confus ; on ne parlait que de ça, et à force d'en parler, on tournait en rond.

Il faut vous dire que ces petites discussions avec Josette se passaient une semaine après la libération du Cap ou, si vous préférez, une semaine après que François eut tiré sur l'Allemand désarmé (je précise « désarmé » simplement pour bien vous faire sentir le problème, non pas qu'on y ait trouvé à redire — il s'en était fallu de peu pour qu'il y laisse sa peau —, mais rappelez-vous les circonstances de l'affaire, et imaginez un peu les changements que cela laissait entrevoir chez notre colonel), et tout aussi bien aurais-je pu dire : une semaine après que la fille eut été fusillée, parce que si je vous parle de situation embrouillée, c'est bien à cause de cela.

C'est qu'on pouvait voir l'affaire de trois points de vue différents : il y avait le côté « libération du Cap » ; là, rien à dire, on ne pouvait que s'en réjouir ; il y avait ensuite le côté « Ehrmanntraut tué » ; c'était un boche, il avait essayé de s'enfuir, il avait tiré sur François, le résultat ne choquait personne, mais ce qui intriguait c'était que notre colonel n'avait jamais paru apprécier les jugements expéditifs, souvenez-vous, alors que là... Et enfin le troisième côté, celui de la fille qu'on avait fusillée, on avait beau ne pas en être directement responsable, c'était encore un sujet de honte et c'était l'idée qu'on avait trahi François. N'étions-nous pas convaincus — et c'était notre part de folie —, n'avions-nous pas admis, une bonne fois pour toutes, que seul François était habilité à prendre des décisions ? Toutes sortes de décisions, et surtout de celles qui côtoient les mystères de vie, de tristesse et de mort, loin dans des régions brumeuses où nous commencions à le voir s'éloigner sans pouvoir le suivre, avec son calme et ses yeux de désespoir d'acier qui nous laissaient, Josette et moi, pétrifiés d'angoisse.

Et François justement — cela devenait une habitude — a laissé les esprits s'agiter sans lui puisque, le lendemain de ces événements, il partit pour Lorient où il restait une « poche » à libérer. Comme ça ; sans dire un mot ; ni au revoir, ni rien. Il a emmené ses troupes, et marche !

Ensuite il a fallu attendre septembre.

En septembre, la Résistance avait rendu les armes et chacun était retourné à ses occupations.

Les landes du Cap et de Porrie avaient été nettoyées de leurs mines par des prisonniers allemands qu'on avait envoyés faire cette sale besogne — qui a parlé de pitié au fond du cœur de l'homme ?

Des mines, il n'en restait plus que sur le versant ouest de la Pointe-aux-Chèvres, que l'on avait ceinturé de barbelés pour en interdire l'accès.

Et le 18 septembre au matin, Madeleine Le Coz, « La Bouzine », a été aperçue remontant la Grand-Rue en se dandinant sur ses courtes jambes, courant presque — ce qui représente une performance considérable quand on la connaît — et manifestement sous le coup d'une grande émotion.

La Bouzine n'est pourtant pas très émotive, habituellement ; c'est celle qui vit dans la ferme des Roches, en allant vers Fréhel ; vous voyez ? Non ? Eh bien, c'est un corps incroyable de disproportions, de bosses et d'angles, avec une tête d'animal, des yeux de poisson, et des cheveux en meule de foin ; forcément, elle ne tarda pas à être veuve, très jeune, en 14, ce qui ne changeait rien, ni pour l'âge — elle ne fit jamais le sien, dans un sens comme dans l'autre —, ni pour la façon de s'habiller : du noir, été comme hiver. Depuis elle cultive son potager, élève quelques bêtes et s'occupe du nettoyage et des fleurs pour la chapelle. C'est une personne très posée, très convenable, et digne de confiance.

C'est pour cela que cette vision de La Bouzine remontant la Grand-Rue en courant constituait déjà un événement très étonnant ; si on ne l'avait pas vue, on ne l'aurait pas cru.

Et puis ce qui a été encore plus étonnant, c'est qu'on l'a vue entrer chez Josette. La Bouzine au bistrot ! Vous vous rendez compte !

Ensuite, ce fut la croix et la bannière pour la faire parler.

« Il est revenu ! Je l'ai vu ! », c'est tout ce qu'on arrivait à en tirer.

« Mais qu'est-ce qui t'arrive donc, La Bouzine ?

— Je l'ai vu ; c'était bien lui ! Il binait dans la cour.

— Pas Dieu ! De qui parles-tu ?

— C'est de M. François que je cause. C'était tout à l'heure en revenant de l'herbe pour les lapins.

— Où ça ?

— Par là, vers Porrie.

— C'est pas ça qu'on te demande ; où est-ce qu'il était, François ?

— Dame ! Chez lui !
— Tu es sûre que c'était bien lui ?
— Ah ça oui ! Comme je vous vois ! »

D'accord, c'est entendu ; mais nous nous regardons, Josette et moi, histoire de nous consulter, histoire de voir si nous avons eu la même idée. Oui, nous pensons à la même chose. Nous pensons que La Bouzine a peut-être bien vu ce qu'elle dit qu'elle a vu, mais nous pensons aussi qu'après tout il vaut mieux que nous nous fassions notre propre opinion. Et avant qu'elle n'ameute tout le village peut-être serait-il opportun de faire un tour par les Grèves-d'en-Haut pour voir ce qu'il s'y passe.

Et c'est dit, ou plutôt pensé, on renvoie La Bouzine à ses lapins en la menaçant de l'enfer si elle lâche un mot, Josette ferme le bistrot, et nous filons avec des airs de rien vers le sentier de Porrie.

Pour être honnête, ce n'est pas seulement pour vérifier l'histoire que nous sortons ainsi avec nos mines de conspirateurs ; si La Bouzine l'a vu, c'est qu'il y était. Non, c'est que nous voulons être les premiers à lui parler, pendant qu'il est encore tout frais de ses impressions de retour, et aussi dans l'espoir de le voir laisser échapper une ou deux choses bien à lui avant qu'il ne se referme comme un coquillage.

Nous arrivons à la croisée, sous le grand pin. C'est un jour de grande lumière pâle comme il y en a souvent en septembre. C'est le soleil de lait.

La mer est basse et les grèves sont immenses. Nous nous arrêtons un instant pour regarder — enfin, nous profitons du prétexte qui s'offre d'admirer le paysage, mais il est bien question de paysage, de vue, ou de lumière pâle ; tiens ! — et nous hésitons, tout d'un coup. Hé ! Est-ce que c'est la bonne méthode ? Est-ce qu'il ne va pas trouver que nous nous mêlons un peu trop de ses affaires ? N'est-il pas assez grand, après tout, pour venir nous voir quand il en aura envie ?

« Roche-Plate est à découvert », dit Josette...

Ah, écoutez ça : elle pouvait toujours me parler de Roche-Plate, ses pensées étaient ailleurs, cela crevait les yeux.

« Allez, Josette, on y va. Il ne nous mangera pas.

— Dame ! Je m'en doute. Mais il y a bien pire que de se faire manger. »

Alors vous imaginez dans quel état d'esprit nous sommes arrivés devant la barrière de la ferme. Il était là, dans la cour, en train de réparer un volet. C'est que la maison était inhabitée depuis presque un an. Alors avec le climat que nous avons, des réparations il devait y en avoir en quantité.

Nous nous sommes regardés, Josette et moi, histoire de nous donner un dernier accord, et nous avons poussé la barrière.

« Salut, François ! »

Il s'est retourné, il a posé son volet, et il est venu vers nous.

C'était donc qu'il s'était juré de ne plus dire ni bonjour ni au revoir ? Parce qu'il nous a fait son fameux petit sourire, si impressionnant au début — on commençait à s'habituer —, et ce signe de la main assez amical finalement ; et ce fut tout. Ce fut tellement tout qu'on se sentit un peu comme égarés ; c'est qu'on attendait autre chose, je ne sais pas moi, deux ou trois mots, de la surprise, une question. Rien de tout cela ! Ah mais il n'était pas hostile, je vous l'ai dit : plutôt amical, au contraire !

C'est Josette qui a parlé, juste au moment où j'allais le faire :

« La Bouzine nous a dit qu'elle t'avait vu.

— Oui. Moi aussi je l'ai aperçue sur le chemin. »

C'est qu'il avait un air un petit peu goguenard ; probable qu'il devait s'attendre à nous voir rappliquer aussitôt que La Bouzine serait revenue au village.

« Tu es de retour depuis quand ? a demandé Josette.

— Depuis hier soir.

— C'est resté trop longtemps vide ici, dit Josette en regardant autour d'elle.

— Tout va bien au village ? »

Je les ai laissés parler tous les deux ; Josette menait tout cela très bien, je n'avais pas besoin de m'en mêler. Il fallait y aller doucement avec lui. Je les regardais et je les écoutais, et bon sang, qu'est-ce qui n'allait pas ? Il était là, souriant, et pourtant je me disais : cela ne prend pas, rien ne prend avec lui. C'était cette *hauteur* nouvelle dont j'ai parlé qui tenait tout le monde à distance, mais il y avait autre chose. Et j'ai pensé à sa façon de saluer de la main, de parler peu, et de ne pas poser de questions — je veux dire : de vraies questions, il ne s'agit pas de politesse. C'est cela qui n'allait pas. C'était qu'il ne demandait rien, *il n'attendait rien de nous.* Ni de nous, ni de personne, probablement.

Et j'entendais Josette qui s'épuisait ; ça ne prend pas, ça ne prend pas. J'étais comme battant des bras en cherchant une branche pour me rattraper.

J'allais de tous les côtés. Javenoux ? Colonel ? Quoi ? La mort ? C'est qu'il y en avait des morts autour de lui. Et alors... quoi ? Je vous ai bien dit qu'il ne s'agissait pas de grosse tête, ni pour la manière dont il nous avait aidés, ni pour le « colonel », ni pour rien.

« Ah, c'est un malheur pour tes parents, disait Josette à bout de course. Maudit de sort ! C'est le destin.

— Laissez le destin aux superstitions, Josette, ai-je ajouté sans y penser et pour faire diversion.

— Qu'est-ce que vous voulez dire, monsieur le Recteur ? demanda François.

— Je veux dire que tes parents savaient ce qu'ils faisaient. Ils l'avaient décidé. Il n'y a pas de fatalité. »

Et d'un coup, ça y était ; ça prenait. Je n'aurais

pas su dire comment, ni ce que j'avais pu dire de si extraordinaire, mais il n'avait plus son sourire qui tenait à distance.

« Il n'y a pas de fatalité ? répéta-t-il. J'espère que vous avez raison ! »

Brusquement, il nous tourna le dos, et il repartit vers son ouvrage.

Je fis un signe à Josette pour qu'elle se taise, et criai à travers la cour :

« Nous en parlerons quand tu voudras ! A bientôt ! Tu es le bienvenu ! »

Il se retourna avec de nouveau son quart de sourire à vous rendre transparent, et nous fit son petit signe de la main — je suppose que c'était un au revoir, avec lui, rien n'était sûr.

Avouez que tout cela était assez incompréhensible ! Non ?

Et les jours suivants, on ne tarda pas à découvrir d'autres aspects tout aussi incompréhensibles. Incompréhensibles pour nous, en tout cas ; pour nous qui vivons dans les champs et sur la mer ; pour nous qui, devant un cheval éventré, ne voyons qu'un cheval éventré. Et si je vous parle de cela, c'est parce que depuis la mort de Javenoux, nous n'avions pas revu François — ou si peu — et nous ne savions pas comment il avait vu les choses.

Pour commencer, il vint au village le lendemain.

La première personne qui l'aperçut ce fut Rabardel, déjà prêt à lui sauter au cou et aussitôt rembarré. Il eut droit comme tout le monde au regard de seigneur et au signe de la main.

La nouvelle de son retour se répandit. Cela fit un beau remue-ménage de ragots et de contre-ragots. Mais on parlait aussi de son nouveau *caractère*, alors on se tenait à carreau. Et pourtant, ce n'était pas l'envie qui manquait d'aller boire un verre avec lui et de parler de l'*époque*. Mais on a sa fierté, n'est-ce pas, alors on attendait de voir.

Et avec cette façon qu'on avait de tout détailler dans son aspect et dans ses attitudes quand on le voyait passer, comme pour comprendre ce qui nous échappait, on remarqua très vite qu'il portait sans cesse la main à sa poche droite. On voulut savoir, on en parla, on émit toutes sortes d'hypothèses — absurdes, évidemment —, et finalement c'est la petite Annette, la fille de la boulangère, qui nous donna le fin mot.

Elle nous dit :

« C'est un rat !

— Quoi ?

— C'est un rat qu'il a dans sa poche, je l'ai vu ! »

On en trouva des dizaines, évidemment, pour confirmer la chose et dire que, oui, on avait remarqué cette forme dans sa poche, et qui bougeait, et que non, cela ne les étonnait pas.

Enfin, cette histoire de rat frappa suffisamment l'imagination pour que tout le monde en soit très remué, à tel point qu'il y en eut pour encore parler de « François et son rat » bien après que l'on eut su de quel animal il s'agissait en fin de compte.

C'était un hamster.

Et vous savez comment on l'a appris ?

En le lui demandant.

C'est Annette qui lui a posé la question, toute tremblante, et les joues rouges — sa mère lui avait fait la leçon : « Tu lui demandes ce que c'est que cette bête-là ! Et ne va pas rechigner sans quoi je te prive de dessert. » Alors François a sorti le petit animal de sa poche. C'était une petite motte de poils roux et noirs qui reniflait à droite et à gauche avec un air très à l'aise et conquérant.

« C'est un hamster. Tu peux le toucher, il n'est pas méchant », dit François.

Annette caressa le hamster et, ravie, se tourna vers sa mère qui n'en perdait pas une, vous pensez bien.

« C'est qu'on se demandait ce que c'était comme bestiole, dit la mère.

— Il suffisait de le demander », répondit François avec sa mine à tout deviner, et un regard très peu amical pour l'occasion.

Puis il fit un petit salut de la tête et il sortit.

Mis à part les quelques imbéciles qui continuèrent à parler de « rat », on trouva l'histoire plutôt bonne. Et cela nous le rendit plus accessible en quelque sorte, parce que l'amour pour les bêtes — même si en ce qui nous concerne il ne s'agit pas de ce genre de bêtes là — c'est quelque chose qu'on peut très bien comprendre.

Pouvez-vous imaginer à quel point on cherchait à se raccrocher à tout ce qui nous semblait humain en lui — de la même sorte d'*humanité* que la nôtre. Et cette dette, l'oubliez-vous ? Cette double, cette triple dette, et j'ai peur d'en oublier, de nous avoir débarrassés de Javenoux, des Allemands, et d'y avoir laissé ses parents.

C'est pour cela que, lorsque l'occasion s'est présentée de pouvoir lui rembourser cette fameuse dette, on a sauté dessus comme un seul homme.

Et l'occasion, ce fut d'en faire notre maire.

C'est quand le précédent a démissionné qu'on a eu tous cette idée en même temps. (Et sur les raisons de cette démission, ne comptez pas sur moi pour vous donner des détails ; c'était encore un de ces règlements de compte qu'on a vu partout à la Libération. Je vous l'ai déjà dit : l'odeur de purin — d'un côté comme de l'autre — cela ne m'attire pas.)

Donc, le maire démissionne ; partout, on ne parle que de François, et ceux qui n'y avaient pas pensé sont vite au courant.

« Qu'est-ce que vous en dites, hé ? dit Josette ce soir-là derrière son bar.

— Moi je voterai pour lui ! »

Et c'est un autre qui entre au bistrot :

« Et toi, ça te dirait d'avoir François pour maire ?

— Oh ! Le Colonel ? (Il y en avait qui l'appelaient encore comme ça.)

— T'en connais un autre ?

— Ah ! Il n'y aurait pas mieux. »

Alors, le monde n'a plus parlé que de ça. Nous avons vanté ses qualités, comme si nous n'en étions pas déjà tous convaincus, nous avons avancé ses mérites, et nous avons reparlé d'« avant » — à défaut de pouvoir le faire avec lui, nous en causions entre nous. Mais n'allez pas croire que c'est Josette qui a lancé l'idée, pour la mairie. Je ne sais plus qui c'est. Et je crois que l'idée, elle s'est lancée toute seule, si l'on peut dire, parce que cela a été dit au même moment par des personnes différentes, et il était évident que ceux à qui on le disait y avaient déjà pensé par eux-mêmes.

Alors, ce soir-là, on a bu beaucoup chez Josette ; on a parlé beaucoup aussi. Après ce que François avait fait pour nous, c'était bien la moindre des choses que de l'élire maire, n'est-ce pas ?

Le lendemain, Josette est venue me rendre visite.

« Comment va-t-on faire pour qu'il accepte ? C'est qu'il faut qu'il se présente ! »

Nous étions chacun dans un fauteuil, penchés au-dessus d'une table basse, comme des conspirateurs.

« Cela ne va pas être facile. Voulez-vous un café, Josette ?

— Je ne dis pas non. Laissez, je vais le faire ! »

Je regardai par la fenêtre ; il faisait beau, on

voyait jusqu'au Cap. Mais je regardais surtout la pinède, le vallon, et le sentier des Grèves. Ce sentier, depuis près d'un mois qu'il était de retour, il n'avait pas dû le prendre plus d'une dizaine de fois. Il se montrait peu. Et à chaque fois qu'on le voyait on en parlait ensuite pendant des jours. Il s'était même un peu amadoué — très peu en fait, mais vous n'imaginez pas l'effet que cela produisait — puisque, de temps en temps, il lui arrivait de dire deux ou trois mots en plus de son signe de la main et de son sourire ; quelques petits mots minuscules : « Comment va ? », « Il fait beau aujourd'hui », mais que nous racontions après comme un long discours.

Non, ça n'allait pas être facile, parce qu'il avait beau parler peu, quand il lui arrivait de dire quelque chose c'était définitif et il ne fallait pas commencer à essayer de n'en plus finir. Il donnait l'impression d'un homme qui ne peut pas vous expliquer ce qu'il pense et pourquoi il pense comme ça ; et cela n'avait rien à voir avec du mépris ou de la mauvaise volonté, c'était plutôt comme si, à chaque fois, il fallait qu'il revienne d'on ne sait où pour trouver des mots qu'on comprendrait, comme si nos mots à nous ne pouvaient pas servir pour expliquer ce qu'il aurait pu avoir à nous dire. Il y a des désespoirs froids qu'on prend pour de la force.

« Le café est prêt », dit Josette.

Elle posa le café sur la table ; nous le bûmes ;

nous avions tout notre temps, et ce genre d'affaire réclamait de la lenteur et un certain cérémonial.

Et je pensais, comme l'autre matin : pourvu que ça prenne, pourvu que ça prenne. Comment arriver à percer la carapace que François s'était construite autour de lui ? Nous étions ses amis, figurez-vous, et au fur et à mesure que nous commençions à comprendre dans quelles eaux nageait notre François — des eaux très noires, et assez effrayantes —, le désir de le ramener à nous prenait la forme d'une nécessité impérieuse. Vous savez bien qu'il y a des noyés qui se débattent tant qu'on est obligé de les assommer pour les conduire jusqu'au rivage. Quant à l'assommer... pourquoi pas ? Mais pouvez-vous me dire de quelle façon il fallait s'y prendre ?

« Le mieux c'est de lui dire tout net, dit Josette J'ai dans l'idée qu'il est assez fin pour s'apercevoir de toutes les manigances. " François, on voudrait que tu te présentes pour la mairie ", voilà ce qu'il faudrait lui dire.

— Et si c'est non ?

— Alors il sera toujours temps pour les manigances, justement !

— Il ne faudrait pas faire d'erreurs. Vous voulez que je vous dise : j'ai peur que nous le perdions.

— C'est bien de cela que je parle moi aussi. (Elle me tapota très gentiment l'épaule.) Je l'ai senti comme vous.

— Alors nous sommes d'accord.

— Mais croyez-vous que cela sera suffisant ? Je veux dire : la mairie.

— J'ai dans l'idée que rien n'est jamais suffisant. Le monde est fait de ces petites choses insuffisantes, Josette, et d'insuffisance en insuffisance on finit par faire une vie ; pas si décevante que cela, du reste.

— Dieu vous entende, monsieur le Recteur. Mais à ce compte-là, nous n'aurons pas notre homme : il est de ceux pour qui beaucoup c'est encore trop peu. »

Enfin, on décida d'attendre le lendemain pour aller lui parler ; je devais le voir seul pour ne pas l'effaroucher. (Pour ne pas l'effaroucher autant avec ce qu'on avait à lui dire qu'avec ce qu'on pensait. Je me méfiais beaucoup de ces yeux qui perçaient tout, et je me souvenais de cette impression d'être transparent.)

Enfin, pour ce qui est du destin, de la fatalité et du hasard — si c'est au compte de ceux-là qu'on doit tout mettre —, nous fûmes servis, et nos plans s'en trouvèrent un peu modifiés.

Nous n'eûmes pas à attendre jusqu'au lendemain : le soir même, François vint me voir.

Vous parlez d'une surprise ! Celui-là qu'on guettait jour après jour et qu'on ne voyait jamais, il fallait qu'il vienne juste à point pour nous prendre de court sans qu'on ait eu le temps de se préparer l'esprit — et le cœur — pour trouver des mots qui le toucheraient et pour le faire descendre de ces hauteurs mystérieuses où il s'était retiré.

Je ne sais pas quelle tête ahurie j'ai pu faire quand il est entré, mais il ne sembla, pour une fois, rien remarquer.

Il était — comment vous dire ? — encore plus *haut* que d'habitude. D'abord, il m'a dit « bonsoir ». C'était déjà inquiétant, parce qu'on s'y était fait, finalement, à son petit signe de la main. Ensuite, ce « bonsoir »-là était sec comme un désert et il n'y avait pas l'ombre d'un sourire — ni un quart, ni un demi, ni rien — sur son visage. Sur son visage, je ne savais pas quoi y voir, au juste ; de la colère ? Pas vraiment : comme une idée de colère sans qu'on puisse y croire tout à fait ; de la peine ? Mais alors de ces chagrins glacés qu'on garde à double tour avec fureur. Non, c'était bien au-delà de tout ça ; c'était un visage à avoir découvert quelque chose ; quelque chose qui donnerait aussi un air de certitude comme devant ce genre d'évidences très bien enfouies au fond de l'âme qui se découvrent parfois avec un étonnement figé.

Autant vous dire qu'il me fallut quelques secondes pour reprendre mes esprits.

« Bonsoir ! Assieds-toi, mon gars. » (Je profitais de mon âge et de ma fonction pour la jouer belle, mais je n'en menais pas plus large pour autant.)

Pendant qu'il s'installait, je faisais mine de chercher je ne sais quoi à droite et à gauche, histoire de ne pas rester planté là à le regarder comme une statue avec des yeux de soupière.

« Je vais te sortir quelque chose dont tu me diras des merveilles », dis-je en posant un verre devant lui.

Il s'était un peu détendu. Maintenant, il avait l'air de quelqu'un qui réfléchit, ou qui prépare ses mots ; des mots sur lesquels on ne reviendrait pas — c'était bien dans sa manière —, des mots que je n'avais pas très envie d'entendre. Voilà. C'est pour cela que je me suis dit qu'il fallait mieux commencer par autre chose que l'essentiel.

« Tiens ! Goûte voir un peu, lui dis-je. C'est une vieille blanche qui ne manque pas de qualités. Qu'en penses-tu ? »

Il hocha la tête et claqua la langue comme on doit le faire en ces circonstances, mais manifestement, le cœur n'y était pas.

Non, ma méthode ne marchait pas ; il fallait le laisser dire ce qu'il avait à dire :

« Alors ? Tout va bien aux Grèves ? demandai-je pour lui tendre la perche.

— Mmmh ? Oui, tout va bien. » (Il réfléchissait encore.)

Et puis, comme s'il avait pris une décision, il s'est lancé :

« Pourquoi au juste croyez-vous que je suis venu vous voir, monsieur le Recteur ?

— Hé, au juste ? Au juste parce que je te l'ai proposé le jour de ton retour ; au juste parce que tu devais avoir envie de parler de l'*époque*, entre autres choses ; et quoi de plus naturel que de vouloir discuter de ces choses-là entre amis ; n'est-ce pas ? »

Il eut un début de sourire qui frisait aux commissures.

« C'est à peu près ça.

— Et peut-être que tu t'es dit, ajoutai-je, que du fait de la connaissance que nous avons l'un de l'autre, et de la vie, il était tout aussi naturel que, de ton point de vue comme du mien, l'*époque* puisse s'expliquer très bien sans qu'on ait besoin de reprendre tous les détails.

— Bravo, monsieur le Recteur. C'est tout à fait ça. (Je me sentais très fier de moi ; il souriait vraiment cette fois.)

— Alors, c'est entendu.

— Je voulais savoir... (il a toussé une fois ou deux pour gagner du temps)... Qu'est-ce que vous avez pensé de la mort de Javenoux ?

— Aahhh !... Et toi ? Qu'en penses-tu ?

— Non, monsieur le Recteur ! (Encore ce regard d'acier.) C'est à vous que je pose la question.

— Eh bien, ma foi... (je bafouillai un peu : je n'étais pas du tout préparé à cela)... il s'est jeté lui-même du haut de la falaise, n'est-ce pas ?

— Vous voulez dire que tout le monde a gardé les mains propres ? (Vous auriez entendu ce ton cassant !... J'avais peur, voyez-vous.)

— Ce n'est pas la question, mon garçon ! Ne me parle pas de *justice* ! La justice est faite de lois.

La justice l'a déclaré coupable. C'est l'*équité* qui te tracasse ; te sens-tu donc, toi, si coupable ? »

Il éclata de rire ; un rire tranchant comme une pierre.

« Ah, coupable ! Vous ne comprenez pas, monsieur le Recteur ! Non, c'est bien pire ; je crois que vous appelleriez cela : la tentation.

— Quelle tentation ? Ne sois donc pas si dur avec toi-même !

— La tentation de jouer au jeu de Javenoux, monsieur le Recteur... la tentation de jouer à Dieu et à Diable...

— ... De jouer à quoi ? Je ne comprends pas un mot de ce que tu me racontes ! »

Il soupira et resta un moment sans bouger, le regard fixé au sol.

« Dites voir, reprit-il, à votre avis, quelle a été la véritable tentation du Christ ? »

Ah ! J'ai encore dû faire ma tête d'ahuri ! De la théologie maintenant...

« François, commençai-je, ne peux-tu pas me dire ce que tu as au fond du cœur tout simplement sans poser ces énigmes ? (Il ne répondait pas ; il ne me regardait même pas.) Bon ; la tentation du Christ, dis-tu ? Je ne sais pas au juste ce que tu veux m'entendre dire ! A mon idée, c'est la tentation du pouvoir. Souviens-toi, dans le désert : " Le démon le transporta sur une haute montagne et, lui montrant de là tous les royaumes du monde avec toute leur gloire, il lui dit : je vous donnerai tout cela si vous m'adorez. " N'oublie pas non plus l'épilogue de la multiplication des pains, quand la foule le suivait en adoration : " Jésus, sachant qu'ils voulaient l'enlever et le faire roi, s'enfuit et se cacha seul dans la montagne. " On l'appelait : " le roi des Juifs ", les Romains étaient sur leurs terres, tout le peuple attendait un chef de guerre qui les libérerait... le pouvoir !... C'est pour cela qu'il a choisi la croix : le seul Pouvoir est au Ciel ; et c'est pour cela qu'Il est Dieu. »

Comme il gardait toujours les yeux au sol, je demandai :

« Alors ? La réponse te convient-elle ? »

Il releva la tête, et soupira :

« Oui, elle me convient, monsieur le Recteur... »

Puis il ajouta :

« Vous m'avez donné une idée : une très bonne idée.

— Ah ! Dis voir un peu ?

— C'est sans importance. » (Je connaissais bien ce ton-là ; il n'était pas question d'insister.)

Je lui reversai un verre de blanche. Il était devenu très Colonel ; avec ce même air qu'il avait eu quand il était venu avec ses troupes.

Puis il mit la main dans sa poche et en sortit son hamster.

« C'est un petit rescapé, dit-il en le caressant. A cause des rationnements il a failli se faire manger. On ne l'a pas tué, lui, au moins. (Là, c'était cette rage froide de tout à l'heure qui perçait un peu.)

Et je pensai à deux ou trois choses ; « lui au moins » ! Vous voyez ? Je me taisais c'est si facile de ne pas dire les mots qu'il faut.

« Qu'est-ce qu'ils disent au village ? ajouta-t-il.

— Ils disent... rien, en fait. Cela fait longtemps qu'on t'attend. On te trouve changé.

— Cela me regarde.

— Nous sommes d'accord. Personne n'a dit le contraire. C'est plutôt l'inverse. C'est qu'ils t'admirent comme un pape, si l'on peut dire ! »

Il était moins tendu que tout à l'heure ; et l'occasion était trop belle. Je me lançai :

« Tiens ! Si tu veux savoir : ils te veulent comme maire ! »

Et moi qui espérais au moins un peu d'étonnement, un signe qui aurait montré qu'il avait entendu... tiens, biquette ! Et re-biquette ! Il me faisait son visage de porte fermée et ses yeux à regarder à travers les murs. Il caressait son hamster en fixant droit sur le rosaire pendu en face. Pouvez-vous me dire ce qu'il lui trouvait de si particulier à ce mur ? Pouvez-vous me dire en quoi ce rosaire était-il si passionnant qu'il était parti pour le regarder pendant des heures ? Parce que c'était bien cela qu'il regardait. Oui, qu'il *regardait* ! Ce n'était pas dans le vague ; c'était des yeux immobiles et acérés, mais vivants, comprenez-vous ?

Comprenez-vous aussi que, maintenant que j'avais jeté l'idée, il n'était pas question d'expliquer pendant des heures ? Pas avec un homme comme François. Pas avec un homme qui semblait très bien comprendre les choses avant même que vous ne les ayez prononcées.

Et n'avait-il pas le droit de réfléchir un peu avant de donner une réponse ? Quant au rosaire, je veux bien admettre que cela puisse l'aider à réfléchir, si ça lui chante ; il y en a qui marchent de long en large, d'autres qui contemplent la nature, alors pourquoi pas un rosaire ?

Enfin cette dette que nous devions tous à François ; cette dette de ce qu'il avait fait pour nous... n'était-il pas libre de penser que c'était notre affaire et de nous en tenir quittes ? Et après tout, il pouvait tout aussi bien penser qu'il est des dettes qu'on ne règle jamais, et qu'une mairie ne pèse jamais autant que le poids d'une vie humaine, qu'une mairie c'est vraiment très très léger, plus léger qu'une plume, devant le poids... hé, devant le poids du monde ?

« C'est d'accord, monsieur le Recteur, dit-il.

— Pardon ? (J'avais bien compris figurez-vous, mais il y a des choses qu'on a envie de s'entendre répéter.)

— C'est d'accord pour la mairie. Je me présente. Vous aviez préparé votre coup, n'est-ce pas ?

— J'en avais parlé avec Josette. Mais je parle d'une quantité de choses avec Josette. » (Maintenant je pouvais bien me payer le luxe de prendre mon air sévère moi aussi.)

Il eut un très beau sourire qui en disait long sur mon air sévère, justement ; et il se leva.

« A bientôt, monsieur le Recteur », dit-il sur le pas de la porte.

J'étais plutôt heureux de ce dénouement. Je lui dis :

« François, merci d'avoir accepté, pour la mairie... »

Il hésita un instant en regardant ses pieds, puis il répondit lentement :

« Monsieur le Recteur, si le pouvoir est la tentation des dieux, à votre avis, quelle est la tentation des hommes ?... »

Il a fait son fameux petit signe de la main, un coup d'œil très noir, et il est sorti dans la nuit.

J'ai refermé la porte, le cœur un peu battant, avec l'idée inexplicable qu'un grand malheur venait d'être évité.

... Pour l'instant.

« Et l'amandier est en fleur, et la sauterelle est pesante, et la câpre perd son goût, tandis que l'homme s'en va vers sa maison d'éternité. »

Ecclésiaste, XII, 5

Ensuite ? Ensuite, vous voyez bien où tout cela nous mène ? Non ? Vous ne voyez pas ? Ah, c'est que Josette et moi, nous l'avions vu naître, et mourir pour ainsi dire, et que ce genre de connaissance aide beaucoup à la compréhension des choses. Et puis, je fais le fier et l'intelligent, mais c'était avant qu'il aurait fallu les comprendre les choses ; après, c'est toujours facile d'expliquer.

Et pour ce qui est de comprendre nous avons tous été moins que zéro, Josette et moi y compris.

Le soir de son élection — parce qu'il a été élu, vous pensez bien, au point de provoquer l'indignation des plus acharnés au sujet des quelques voix qui n'étaient pas pour lui —, le soir de l'élection, donc, nous étions chez Josette à boire comme des ivrognes ; il y avait un raffut de tous les diables !

« A François !

— Pour le maire !

— Josette, un autre ! »

Et alors quoi ? Nous sentions-nous mieux dans

nos bottes ? Pourquoi ? François avait-il changé ? Est-ce qu'il s'était expliqué ?

Non, bien sûr ! Nous ne l'avions pas vu de toute la semaine qui avait précédé l'élection. Ah, on ne pouvait pas lui reprocher de beaux discours électoraux, parce que sa campagne fut plutôt brève, et fort pauvre en paroles (ce qui ne l'empêcha pas d'être efficace, notez bien). C'est le jour même qu'il a fait une apparition — il n'y a pas d'autre mot : une apparition ! — assez courte, mais qui a produit son petit effet.

Le matin, on l'a vu remonter la Grand-Rue en uniforme de colonel. Très solennel et tiré à quatre épingles. Il tenait un bouquet de fleurs à la main.

Vous pensez si on a regardé ça éberlués !

Il s'est arrêté au milieu du village. Il a regardé autour de lui, très lentement, en n'hésitant pas à bien appuyer des yeux s'ils croisaient un regard. Et il est resté là un long moment comme s'il attendait.

C'est ce qu'on a fini par se dire : il attendait.

Nous ne savions pas quoi, mais il attendait. Et pendant tout ce temps il continuait à regarder chaque maison, chaque fenêtre, et à fouiller loin au fond des yeux de ceux qu'il voyait. Alors quelques-uns sont sortis, d'autres qui étaient dehors se sont arrêtés eux aussi, si bien que cela a commencé à faire un petit rassemblement autour — à bonne distance — de François. François qui, par ailleurs, ne disait toujours rien et poursuivait son manège.

Et puis il a dû décider que cela suffisait ; du regard il a fait le tour de ceux qui se trouvaient là — nous commencions à être nombreux —, il a eu un petit signe de tête comme pour nour dire « suivez-moi », et il s'est mis en marche, lentement, très droit, très *colonel.*

Vous pensez si on l'a suivi ! On allait même chercher le père ou la mère pour qu'ils viennent voir ça. Au bas de la Grand-Rue, quand nous nous sommes retrouvés à deux pas de la chapelle, il y avait foule.

Là, il s'est arrêté un instant devant le calvaire, il s'est retourné pour juger d'un coup d'œil si nous avions marché dans sa petite affaire, et il est reparti.

Nous avons échangé un regard, Josette et moi ; oui : nous pensions bien à la même chose.

Ensuite, quand il a pris le sentier de lande, nous avons été sûrs que c'était bien de cela qu'il s'agissait.

Et tout le monde l'a suivi dans la bruyère, sous le charme, comme nous étions au moment où il avait interrompu nos activités : certains portaient encore un panier à provisions, d'autres avaient une bêche à la main ; nous l'avons suivi fascinés, si vous voulez savoir.

Enfin, nous sommes arrivés devant le rocher de Poulifée, que nous avons contourné jusqu'à faire face à la mer. Devant, c'était la falaise ; le bord de la falaise d'où Javenoux était tombé ; c'était juste là ; à cet endroit précis.

François s'est arrêté, s'est tourné vers nous et nous a tous regardés, presque un par un aurait-on dit, très lentement, en prenant son temps.

Et quand il a eu fini, il s'est avancé près du vide et il a jeté son bouquet par-dessus la mer en bas qui grondait.

Alors ? N'était-ce pas une campagne électorale très éloquente — quoiqu'il n'eût pas dit un mot, notez bien.

Et vous étonnerez-vous, après cela, si je vous dis qu'on a voté pour lui en masse, en foule, en procession — c'est le mot.

Et le soir, chez Josette, pour qui buvait-on ? Que fêtions-nous ? Ah, tout paraissait *normal* tout d'un coup ! Nous ne nous posions plus de questions au sujet de François. François ? Qu'est-ce qu'il a François ? Il était un peu sauvage, c'était tout. Il avait le regard vainqueur, c'était dans son *caractère*.

Ah, qu'est-ce qu'on a pu entendre comme bêtises !

Plus rien n'étonnait personne, ensuite.

La semaine qui a suivi, ne l'a-t-on pas vu plusieurs fois au village ? N'avons-nous pas été frappés encore une fois par ces yeux de métal, ce visage à vous écraser d'un coup ? Croyez-vous que depuis qu'il avait ses nouvelles fonctions il s'était déridé, qu'il était devenu loquace ? Pas du tout. Rien n'avait changé. Il croisait toujours les gens d'un signe vague, il ne disait toujours pas plus de trois mots à la suite.

Mais plus personne ne s'en étonnait. On l'admirait encore, bien sûr, cela n'avait pas changé de ce côté-là. C'était autre chose.

Tenez, par exemple, avant quand on le croisait, on rentrait un peu les épaules, on filait doux. On disait bonjour sans demander son reste. Je vous l'ai dit : ce n'était pas l'envie qui nous manquait de lui taper dans le dos et d'aller boire un coup avec lui, mais nous avions vu ce qu'il en pensait, nous avions vu ce qu'on avait à espérer. Alors on passait en retenant notre respiration.

Là, d'un coup — parce qu'il était maire ? A cause de cette petite *cérémonie* sur la Lande-aux-Chèvres ? — on ne se préoccupait plus de tout cela. On le croisait avec le sourire, presque jovial :

« Bonjour, monsieur François ! Comment va aujourd'hui !? »

Non, mais vous vous rendez compte ?

Lui passait son chemin comme avant, avec son signe de la main, et sa *belle qualité d'homme* en bandoulière — tu parles !

Je ne voudrais pas non plus trop exagérer : nous n'étions pas si tranquilles, et il en fallait peu pour nous faire détaler. Prenez par exemple cette femme qui l'a croisé le lendemain de l'élection ; elle lui a fait un énorme sourire et avec une voix de biniou elle a crié :

« Bonjour, monsieur le Maire ! »

François s'est arrêté net, il s'est tourné vers la femme avec des yeux à vous transpercer de part en part — elle nous racontait cela encore toute tremblante après, chez Josette, en se réconfortant à la goutte — et il a dit (il a hurlé, ont rapporté certains) :

« Ne m'appelez plus jamais comme ça ! »

On a très bien retenu la leçon, et on l'a appelé par son nom. Mais passé le premier moment de frayeur, nous n'y pensions plus. Nous savions ce que nous pouvions faire ou ne pas faire. Et si on ne savait pas, on essayait, quitte à se faire un peu crier dessus au passage.

Comprenez bien qu'ils l'admiraient toujours ! Mais il ne leur paraissait plus mystérieux ; ils n'en avaient plus peur ; comprenez-vous ?

On ne redoutait plus rien de lui parce qu'il était à nous.

C'est ce qu'on croyait.

Alors, à quoi pensez-vous qu'ils buvaient le soir de l'élection ? Et, avant de répondre, rappelez-vous cette petite promenade de François avec son bouquet sur la lande.

Savez-vous comment on appelle ce genre de procession, par ici ? Ce genre de cérémonie où l'on va à travers la campagne en portant la statue d'un saint ?

Cela s'appelle un *pardon.*

Cela vous dit quelque chose ?

N'oubliez pas non plus cette dette envers François.

Et maintenant, savez-vous à quoi on buvait ce soir-là chez Josette ?

On buvait de ce qu'on ne se sentait plus

coupables. Nous buvions à notre santé *à nous* ! Comme si une mairie et un bouquet suffisaient à tout racheter.

Quant à ceux qui ont parlé de folie, je le leur retourne en pleine face : s'il y a *folie* de jouer à Dieu, n'y en a-t-il pas tout autant pour ceux qui l'adorent ? Et n'est-ce pas précisément parce qu'on a cessé de jouer à ce jeu-là, parce qu'on a cessé de l'*adorer,* qu'il nous a mis une dette bien pire sur le dos ? Il est certains jeux dans lesquels le rachat des fautes ne se paye pas d'une mairie.

Pour en finir avec ces explications, de ces explications qui rassurent et qui consolent après, toujours trop tard, il faut bien que je vous raconte la pente — une pente très sombre et bien glissante de ces mystères intérieurs — sur laquelle filait notre François après l'élection.

On le voyait plus souvent au village.

Il ne se faisait plus désirer comme avant.

Nous avions le cœur tranquille, je vous l'ai dit : nous étions assez stupides pour nous croire l'âme en paix, toutes dettes payées, et l'esprit absous.

Nous aimions toujours François, d'un vrai amour d'hommes et de femmes qui ont un cœur qui bat, mais nous ne l'*adorions* plus, pour tout dire. Il était devenu très humain — toujours impressionnant et colonel — mais, bien qu'admirable et sujet d'amour, très *humain,* d'une humanité bien réelle et solide qui n'avait plus rien à voir avec ces histoires de dieux, ou d'*idées de dieux,* si vous voulez. Nous l'aimions, nous en étions fiers, mais, toutes dettes réglées, nous l'avions fait homme, ni plus ni moins. (Et pour ceux qui trouvent cette réaction très saine, très naturelle, n'oubliez pas la manière avec laquelle nous l'avions mis sur un piédestal, aussi aisément que nous l'en avons fait descendre ; n'est-ce pas une merveilleuse façon de jouer avec un homme, de s'en servir comme d'un objet ? Non, ne venez pas me parler de réaction saine, de naturel et de bonne conscience... Je vous ai déjà dit que, si folie il y a, elle se trouve des deux côtés.)

C'est là que Josette et moi avons commencé à comprendre et à nous inquiéter en connaissance de cause. Regardez un peu : c'était une semaine ou deux après l'élection...

Nous l'avions vu venir des Grèves et remonter la Grand-Rue. Jusque-là, rien d'étonnant : cela lui arrivait plus souvent ces derniers temps. On l'a salué au passage, très amicaux, sans ce respect de peur qu'on avait avant. Lui, pas un mot : un signe de la tête, et un visage à ne rien dire. Et là, il entre chez Josette ! Il entre au bistrot !

Quand on l'a vu dans la porte, tout le monde s'est tu de stupéfaction. Il a porté les yeux sur tout le tour de la salle et il est allé s'asseoir près de la cheminée, sans broncher. Là on s'est un peu réveillés, on lui a dit bonjour — on s'est bien gardés de l'appeler « monsieur le Maire », vous pensez ! —, on était contents comme vous ne croyez pas ! Dame ! On allait peut-être pouvoir parler avec lui comme avant, et raconter tout ce qu'on avait à dire depuis tout ce temps.

Josette est venue vers lui pour saluer, pour prendre commande, enfin pour dire : « Tu es là, je t'ai bien vu, et cela nous fait sacrément plaisir que tu sois là... », ou quelque chose comme ça — vous voyez ? Lui, il a dit : « Une blanche ! »

C'est tout.

Il faut avouer que, comme discours, c'était un peu sec.

Josette lui a apporté son verre, il l'a pris, et sans même sentir ni renifler un peu comme on fait toujours, il l'a descendu d'un trait, d'un coup de tête en arrière.

Puis il a dit : « Une autre. »

Josette a hésité deux secondes, comme si elle allait s'en mêler, mais elle a fermé sa bouche et elle est allée lui remplir son verre.

Là, même petit manège, même petit coup de tête en arrière qui a vidé le verre en pas deux.

Dans le bistrot, il y avait un silence bien épais tout d'un coup, et tous les visages étaient tournés vers François. Parce qu'on comprenait bien qu'il était en train de nous expliquer quelque chose — pas avec des mots, et à sa manière, mais c'était bien un discours —, un discours auquel on ne comprenait rien.

Et il a dit encore : « Une autre. »

Josette, cette fois, a rempli sans hésiter, sans faire mine de chercher un mot ou deux : il avait quelque chose à montrer ? D'accord, qu'il montre, on parlerait après.

Et le verre a été vide.

Puis plein.

Puis vide encore une fois.

Et tout le monde suivait cela éberlué dans le silence, avec juste la voix de François qui disait après chaque verre : « Une autre. »

Alors dans cet air de silence, opaque et plein de nerfs comme avant un orage, il y en a un qui n'a pas pu tenir — je ne sais plus qui c'était — et qui a dit : « Allez François ! Qu'est-ce que tu fais ? Arrête donc ! », et quelques autres âmes sensibles l'ont suivi plus discrètement, comme un murmure.

Ah ! C'est qu'on s'éloignait pas mal des idées de Colonel et de Dieux Vivants, ou je ne sais quoi, tout d'un coup !

François a arrêté son geste, comme pétrifié, le bras qui tenait le verre suspendu entre la table et sa bouche. Il est resté comme cela un instant terriblement long pendant lequel celui qui avait parlé ravalait sa langue et se maudissait en dedans.

Et puis François a reposé le verre et il s'est levé devant la table, et il a regardé l'homme bien dans la prunelle, et tous les autres qui étaient là, un par un.

Il a dit : « Vous trouvez que je bois trop ? »

On n'a pas eu la force de répondre.

Il a redit plus fort : « Vous trouvez que je bois trop ? »

Là, quelques-uns ont un peu remué : « Qu'est-ce que tu fais François ? » ; enfin, il y a eu quelques questions de ce genre, un peu timides, un peu noyées dans le murmure, mais très bien articulées tout de même.

François a répondu : « Je n'ai plus le droit de boire maintenant ? Il faut que je demande la permission ? » ; il a dit cela assez fort, et d'un ton assez menaçant.

Autour, le monde se ressaisissait : « C'est pas la question ! », « C'est pas que tu boives, c'est plutôt la manière ! », disait-on à droite et à gauche, « Oui, tu ne buvais pas avant. »

« Avant *quoi* ? a dit François, avant Javenoux ? Avant les bêtes mortes ? Avant les boches sur le Cap ? Avant la fille tuée ? » Puis il s'est arrêté un moment en regardant en face. Josette a chuchoté dans l'oreille d'un qui était à côté : « Je vais chercher monsieur le Recteur. » (C'est que, au café, je n'y étais pas, mais là encore, on m'a tout raconté.)

Et François a repris : « Avant ? C'est *avant* le sang, que vous voulez dire ? Et vous ? Vous me la demandez la permission pour boire ? J'ai des comptes à rendre maintenant ? »

Autour, on a répondu : « C'est le passé tout ça », « Oui, c'est de l'histoire », « Et puis on t'a fait maire, c'est une place à tenir. »

François a tourné la tête vers le dernier qui avait parlé : « Ah, c'est vrai. On m'a fait maire... », et il l'a regardé pendant un long moment.

Puis sans crier gare, il a poussé sa chaise, très droit et solide comme un arbre, et il est sorti du bistrot sans ajouter un mot.

Moi, je remontais la rue le plus rapidement possible, avec Josette à côté qui finissait de me raconter toute l'histoire.

Nous l'avons croisé en bas de Lanemœur.

« Attends, François ! ai-je dit. Attends-moi donc ! On a à parler. »

Il n'a rien répondu ; il nous a dépassés en continuant son chemin sans s'arrêter, vers la chapelle et le sentier des Grèves.

J'ai fait signe à Josette de nous laisser, et j'ai tourné le pas pour rejoindre François.

Quand je suis arrivé à sa hauteur, j'ai dit :

« François, raconte un peu. »

Il n'a pas fait un signe ; rien ; comme si j'étais transparent, avec son air qui semblait venir de très loin ; très loin et très profond dans ces eaux noires où il était maintenant perdu.

J'ai dit encore :

« François ; oh, François ! raconte un peu ! »

J'avais peur, voyez-vous ; le malheur était proche, je le sentais ; j'avais peur comme d'une urgence, comme quand on essaye de retenir un homme qui va tomber dans un gouffre.

« Oh ! François ! »

Et alors il s'est arrêté, et il s'est tourné vers moi.

Nous étions là, tous les deux à nous regarder sans rien dire ; c'était en haut du chemin des Grèves, avec la mer en bas qui battait comme un cœur lent du long grondement de la terre et des arbres, et des rochers, et des espaces d'eau et de vent.

« Alors ? j'ai dit.

— Alors ?... Rien.

— On ne te comprend plus, repris-je. Et moi je n'y vois pas plus clair, pour finir. »

Il a attendu un peu, peut-être pour chercher ses mots, peut-être pour trouver la force de les faire sortir, et il a commencé à parler :

« Cela me regarde, dit-il. Qu'est-ce que vous voulez comprendre ? Vous avez votre point de vue, vous tous ; moi j'ai le mien ; chacun voit les choses comme ça l'arrange. Cela vous a bien arrangés la mairie — pas vrai ? Vous avez donc tout oublié ? Vous vous souvenez, monsieur le Recteur ? Vous vous souvenez de Javenoux sur la falaise ? Vous vous souvenez des autres là, qui étaient partis à Guildo avec les fusils ? Vous ne comprenez donc pas que Javenoux avait vu bien plus loin qu'eux ? Il nous a tous eus ! »

(Vous auriez vu ces yeux, ce regard noir ! Que voulait-il me dire avec son Javenoux, et ces souvenirs ? Il y en avait des années qui s'étaient passées depuis ! J'avais devant moi la colère et le malheur accumulés au cours des ans.)

« Attends un peu, j'ai dit. Je ne te suis pas : Josette vient me chercher pour dire qu'il s'en passe de belles au bistrot, j'arrive, et toi tu me parles de Javenoux. Reprends donc au début, je ne te suis pas.

— Ah ! dit-il. C'est l'histoire de chez Josette qui vous chagrine, monsieur le Recteur ? Allez, avouez que ce ne sont pas ces deux ou trois verres qui vous font peur ; ce sont tous ces changements depuis le temps. C'est bien de Javenoux qu'il s'agit ; mais ça ne vous plaît pas trop que j'en parle — pas vrai ? Qu'est-ce que vous avez cru ? Que c'était le *hasard* qui m'avait fait l'attraper ? Vous avez cru ce qui vous arrangeait. Parce que de *hasard,* il n'y en avait pas ! Encore une fois, souvenez-vous. Souvenez-vous comment cela s'est passé ! Quand les autres étaient partis à Guildo pour le prendre, lui il avait déjà tout décidé. Il a dû bien rigoler. Il est venu me faire ses grands signes de la main près de la chapelle, après l'incendie. Vous croyez que c'était du *hasard,* ça ?

« Il pouvait s'échapper comme il voulait, et on n'aurait jamais plus entendu parler de lui ensuite. Il avait tout décidé d'avance. Il disait qu'il voulait jouer à Dieu et à diable. Ah ! Il a très bien fait le diable. Et moi, j'avais un peu commencé à comprendre quand on a parlé tous les deux sur la falaise, juste avant ; mais je ne voulais pas jouer à son jeu. Je ne voulais pas ! Il m'a dit : “ Qui sait si tu ne t'en découvriras pas l'envie ! ” C'était dit. Il a gagné. C'est depuis l'éclipse, tout cela. Vous étiez tous prêts à le vouloir le jeu de Javenoux. Lui c'était le diable. Et moi, j'étais qui ? La voilà la *tentation* ! Javenoux avait raison : cela vous a bien fait plaisir le *colonel,* et tout le reste ; c'est dans tous les esprits le *besoin de Dieu.* Javenoux vous l'a mis à portée de main. Et vous pouvez toujours lutter, vous, monsieur le Recteur, avec vos églises, vos mystères et vos rosaires. C'est plus facile de croire en ce qu'on voit. Javenoux a bien ri de ces meurtres de bêtes, c'était ses petites messes à lui ; il en rit encore de là où il est. Il s'est fait prendre par qui il avait choisi pour son plan, et il a fait jouer les rôles qu'il avait voulu qu'on joue. Ne voyez-vous pas que c'était un monstre d'*homme dénaturé* ? Ne voyez-vous pas qu'il a voulu nous imposer sa vision du *blasphème* ? Et ne comprenez-vous pas qu'*il a gagné*, monsieur le Recteur ? Ne comprenez-vous pas que j'y ai joué à son jeu — que nous y avons tous joué —, *que j'y ai pris plaisir* ?

« Mais c'est que le prix du sang est élevé ; c'est très lourd à porter la possession d'un Dieu ! Et je dis " Dieu " ; mais vous me comprenez : c'est d'une *idée de Dieu* que je parle ; du plaisir d'être guidé ; « le bon du chasseur qui vous protège », aurait dit Javenoux. C'est très lourd à porter une dévotion pareille ; c'est qu'il faut payer. Alors on m'a donné la mairie. Vous voyez ça un peu ?

« Gardez vos questions, monsieur le Recteur. J'ai accepté la mairie et maintenant c'est en moi-même que je paye.

« Laissez-moi seul ! »

Il avait presque crié ces derniers mots. Je le regardais stupidement, avec l'écho de sa voix dans ma tête. Il avait ce regard qui fouille au fond de l'âme, les cheveux au vent, avec le bleu du Cap qui passait comme un grand bruissement de rayons sur la mer derrière lui. J'étais terrifié et sans forces. Qu'est-ce que vous vouliez que je réponde à cela ? Quels mots vouliez-vous que j'invente pour balayer les évidences et trier entre la folie — je sais bien que vous aimez ce mot — et le vrai malheur qu'il portait en lui et qu'il m'avait assené en pleine face avec ce regard venu de si loin. Je les avais vues les eaux noires dans lesquelles il se débattait ; il me les avait montrées. Et maintenant, je me sentais vide et glacé, sans aucun secours à donner ; épuisé.

Il m'a fait son petit hochement de tête, son petit signe de la main, et sans bouger, je l'ai regardé partir sur le chemin des Grèves, entre les fougères et les ajoncs, vers la mer et les dunes, avec toujours ce cœur, ce cœur de la terre qui grondait, battu par les vagues.

Une semaine, puis deux se passèrent. François venait de moins en moins au village. Pour son travail de maire, il n'y avait rien à dire : il tenait son rôle à la perfection. Il avait réuni le conseil municipal, il avait consulté tout le monde, il avait dit ce qu'il fallait dire, toujours très précis, très calme et froid ; très *colonel.*

Je le voyais de temps en temps le soir, à la nuit tombée, passer devant le presbytère, enfin au loin, pour tourner dans le sentier de Porrie. C'était nouveau, ces petites promenades sous les étoiles.

Mais cela n'inquiétait plus personne. Chacun dormait sur ses deux oreilles, l'âme en paix. Il était comme un Dieu sans fidèles.

Et le 2 novembre, La Bouzine est venue frapper chez moi.

Ce fut encore la croix et la bannière pour en tirer un mot. Le lendemain le village entier défilait chez elle pour savoir ce qui s'était passé, mais ce jour-là, j'étais le seul à être au courant de l'histoire. De toute façon, qu'est-ce qu'on aurait pu y changer ?

Et voilà ce qu'elle finit par me raconter.

C'était la fin de l'après-midi ; La Bouzine était allée chercher de l'herbe pour ses lapins (à croire qu'elle passait sa vie à ça ! Depuis le retour de François elle allait souvent du côté de Porrie. C'est qu'il y en a partout de l'herbe ! Pourquoi vers Porrie — et vers la ferme des Grèves, justement — plutôt qu'ailleurs ? « Le long du chemin elle est beaucoup plus haute et grasse », a-t-elle expliqué !).

Il fait un bleu d'été très inhabituel pour cette date ; le soleil est bas sur l'eau. On voit très bien tout cela des Grèves, au fond du vallon. Elle passe devant la ferme ; François est à la fenêtre du premier étage. Il ne l'a pas vue. Elle se glisse derrière la haie d'aubépine (c'est que l'herbe y est plus grasse, peut-être ?). Et elle regarde.

Elle voit François qui tient quelque chose dans la main, qui lève le bras, et qui jette ce qu'il tenait, de toutes ses forces, en bas, dans la cour.

« Ah, ça a fait un bruit mou, dit La Bouzine. En me penchant un peu, j'ai vu que c'était son hamster. La pauvre bête ! »

Et ensuite ?

Ensuite elle l'avait vu qui sortait et qui s'approchait du hamster. Il était resté là à regarder quelques minutes. Et elle s'est aperçue qu'il pleurait.

Elle s'est aperçue qu'il pleurait ; vous m'entendez ?

Et maintenant, comprenez-vous le sens de ces larmes ? Imaginez-vous le poids des larmes d'une telle détresse ?

Et puis ? Et puis rien. Il est rentré dans la ferme, et elle ne l'a plus vu.

Et c'est tout ?

C'est tout.

J'ai renvoyé La Bouzine à ses lapins, et l'univers au diable !

Il était un peu tard à présent ; j'irais voir François le lendemain.

Mais je le vis — de loin, de trop loin — le soir même.

Il était sorti comme tous ces autres soirs pour marcher dans la nuit. Il y avait un grand clair de noir percé d'or.

Il est passé en bout de lande. Je voyais cette ombre haute qui avançait sur les falaises.

Il s'est arrêté un moment. Pour regarder quoi ? Pour écouter quoi ? Le ciel ? La rumeur des vagues ?

Et il est reparti.

Mais ce soir-là, ce n'est pas vers Porrie qu'il s'est dirigé, *c'est vers les champs de mines,* derrière les barbelés de l'autre versant de la Pointe-aux-Chèvres.

Et cela a fait une grande étoile d'or qui a éclairé la lande de tonnerre.

C'est que l'heure était venue pour l'Enfant-Roi, enfin devenu soleil, de flamboyer par-dessus le monde.

Paris, décembre 87-juin 88.

Cet ouvrage a été composé
par l'Imprimerie BUSSIÈRE
et imprimé sur presse CAMERON
dans les ateliers de la S.E.P.C.
à Saint-Amand-Montrond (Cher)
en mars 1991

N° d'édit. : 13077. N° d'imp : 317-157.
Dépôt légal : avril 1991.

Imprimé en France